KB050573

東天魔劍 윤현비검

동현마검 東魔 天劍 3

초판 1쇄 인쇄일 2018년 5월 17일 | 초판 1쇄 발행일 2018년 5월 23일

지은이 용우 | 펴낸이 곽동현 | 담당편집 팀장 이범수
편집부 홍현주 정요한

펴낸곳 (주)조은세상 | 출판등록 제 2002-23호
주소 경기도 연천군 미산면 청정로 1355
TEL 편집부 02)587-2966 | FAX 02)587-2922
e-mail bukdu@comics21c.co.kr

용우 ⓒ 2018
ISBN 979-11-6171-791-3 | ISBN 979-11-6171-788-3(set) | 값 8,000원

동천마검

東天魔劍

용우 신무협 장편 소설
NEO ORIENTAL FANTASY STORY

3

북두
(주)뜬세상

용우 신무협 장편소설

NEO ORIENTAL FANTASY STORY

CONTENTS

동현마검

東天魔劍

東天魔劍

등천마검

16 章. 황금성의 주인.

16章. 황금성의 주인.

황금성은 위로 향하는 것이 아닌 아래로 내려가는 독특한 구조로 설계되어 있었다.

외부에서 보였던 성의 모습은 외관만 그렇게 만들어 놓았을 뿐, 실제로는 아무것도 없는 텅 빈 상자나 마찬가지.

하지만 아래로 내려가는 길을 발견하기까지 제법 시간이 걸렸는데, 몰려든 무인들끼리의 다툼이 계속 일어났기 때문이었다.

그 과정에서 죽은 이들만 수십이지만 누구 하나 그들에게 신경 쓰지 않는다.

당연한 일이었다.

보물을 눈앞에 두고 타인을 걱정하는 사람이라면 애초에

9

이곳에 오지도 않았을 테다.

그나마 대규모 싸움이 벌어지지 않은 것은 지하로 향하는 입구가 여러 개라는 사실 때문이었다.

여기에 공동, 종남, 점창의 연합이 밀고 들어오자 무림인들의 선택은 단순해졌다.

친분이 있거나, 뜻이 맞는 사람들끼리 손을 잡기 시작한 것이다. 그렇게 무리를 이루어 통로를 향하는 자들이 있으면, 반내도 끝까지 홀로 움직이는 자들도 적지 않았다.

천중원은 그런 사람 중 하나였다.

"빌어먹을, 빌어먹을, 빌어먹을……!"

퍽퍽! 퍽!

끊임없이 스스로 욕하며 머리를 때리는 천중원.

삼류에 불과한 그가 황금성에 이끌린 것은 어쩌면 당연한 일이었다. 수준 높은 무공과 막대한 재력을 손에 넣어 무림을 호령하며 살고 싶다는 꿈이 있었으니까.

황금성은 꿈을 이루어 줄 절호의 기회라고 생각했다.

"미친 짓이야. 이건 미친 짓이라고!"

버럭 소리를 내지르지만, 누구도 그의 목소리를 듣는 사람은 없다.

함께 이곳으로 들어왔던 수십 명의 사람 중에 살아 있는 것은 오직 그뿐이었으니까.

"지옥이야, 지옥."

덜덜덜!

주체할 수 없을 정도로 몸을 떠는 천중원.

그럴 수밖에 없었다.

이곳까지 오는 동안 수많은 함정이 있었고, 그것들은 철저하게 사람을 죽이는 것에 초점이 맞추어져 있었다.

함정이 어려워질수록 이곳에 진짜 보물이 있을 것으로 생각했지만, 결과는 아니었다.

처음부터 끝까지 오직 사람을 죽이기 위해 존재하는 함정.

동굴의 끝에 도착했을 때, 그 앞이 가로막혀 있었다. 어떠한 비밀 장치도 없이 철저하게 막힌 함정.

많은 희생을 치르고 왔음에도 무엇 하나 건질 수 없었다.

심지어.

구구구.

낮은 진동과 함께 기관함정이 다시 움직이고 있었다.

즉, 돌아가는 길에도 다시 그 많은 함정을 돌파해야 한다는 것이다.

운이 좋아 이곳까지 살아남았던 천중원에게 있어선 사형선고와 크게 다를 것이 없었다.

"으아아아악!"

그의 비명이 동굴에 울려 퍼진다.

"이거 일이 재미있게 됐네?"

방금 함정에 걸려 눈을 감은 천중원의 모습을 보던 가람이 몸을 돌린다.

황금성 안의 구조가 이런 식으로 되어 있을 것이라곤 가람도 미처 예상하지 못했던 사실이다. 함정이 있을 것이라곤 생각했지만, 그게 위가 아닌 아래로 향할 것이라곤 더더욱 예상하지 못했다.

"밀교 놈들이 거기에 숨어 있었던 이유가 있었단 말이네. 그럼 이전에 왔을 때 입었다는 피해는……."

지금 자신의 눈앞에 벌어진 광경과 크게 차이 나지 않으리라.

어떻게 보면 밀교의 선택은 아주 옳았다.

전력을 온전히 보존한 채 가만히 기다렸다가, 누군가가 보물을 차지하고 올라온다면 빼앗으면 되니까.

그게 아니라면, 최소한 이 많은 함정의 작동이 시신에 의해 멈출 테니 그때를 기다리면 최소한의 희생으로 원하는 것을 손에 넣을 수 있을 터였다.

즉, 어느 쪽이든 자신들의 피해를 최소한으로 하면서 최대한의 이익을 누리려 드는 것이다.

"이 정도 함정에 저러고 있을 정도로 실력이 부족한 건 아니었으니, 진짜는 따로 있겠군."

지금 들어온 동굴의 함정은 위협적이긴 했지만, 가람에겐 그렇게 위험하진 않았다.

동굴마다 설치된 함정의 수준이 다르다고 생각하면, 이보다 더 위험한 곳도 많을 것이 분명했다.

이곳저곳 동굴을 옮겨 다녀보지만, 가람이 특별히 손을 써야 하는 상황은 벌어지지 않았다.

애초에 워낙 짧게 일을 벌인 탓에 진짜 실력자들은 거의 합류하지 않았던 탓이었다.

"여긴…… 아무도 안 왔군."

그리고 8번째 동굴에 들어갔을 때, 처음으로 누구의 침입도 받지 않은 동굴을 발견할 수 있었다.

성안 곳곳에 지하로 향하는 통로가 있다 보니, 곳곳으로 사람들이 갈라지다가 우연히 남는 통로가 생겨 버린 탓이다.

저벅저벅.

불 하나 없이 어두운 동굴이지만, 가람에겐 상관없는 일이었다.

진정한 천마신공을 손에 넣으면서 그 어떤 어둠도 그의 눈을 가릴 수는 없게 되었으니까.

툭.

발끝에 미세하게 다른 감각이 걸린다 싶을 때.

쐐애액!

픽!

옆에서 날아든 강철 화살이 단숨에 벽을 파고든다.

화살의 절반이 박혔을 정도로 강력한 위력이었지만, 그
것도 맞아야 위험한 법. 가람의 입장에선 이런 종류의 함정
은 위험할 것도 없었다.

날아드는 걸 피하면 되는 일 아닌가.

이런 일은 계속해서 이어졌다.

쐐애액!

피픽! 퍽!

강철 화살이 날아들고.

투확!

촤아악!

정체를 알 수 없는 독극물이 천장에서 쏟아지며 땅을 녹
인다. 어찌나 지독한 것인지 그 냄새를 맡는 것만으로도 쓰
러질 지경이었다.

"여기도 별것 없는 것 같은데……."

이제까지 봤던 함정 중에선 그나마 괜찮기는 했지만, 역
시 보물이 숨겨져 있다곤 할 수 없을 정도로 시시했다.

그렇게 얼마를 더 들어갔을까? 이상함을 느끼기 시작한
것은 그때쯤이었다.

"뭐야? 왜 끝이 안 보이지?"

제법 먼 거리를 걸어왔으니, 이제 끝날 때가 되었음에도 동
굴의 끝이 보이지 않았다. 이제까지 간 동굴 중에서도 가장

길었고, 들어가면 들어갈수록 함정은 어려워지고 있었다.

찌찍. 찍.

귓가에 낮게 들리는 소리.

이제까지는 어떻게든 인간의 손이 닿은 흔적들이 있었지만, 지금 가람이 서 있는 곳을 경계로는 사람의 손길이 닿은 흔적이 조금도 없었다.

천장에서 당장이라도 떨어질 것 같은 날카로운 바위가 가득한 동굴.

기묘한 소리는 그 사이에서 들려오고 있었다.

찍. 찌직.

"박……쥐?"

동굴 천장을 까맣게 채우고 있는 것은 놀랍게도 박쥐였다. 박쥐치곤 한눈에 봐도 아이 머리만 한 놈들이 엄청난 무리를 이루며 매달려 있었다.

'평범한 놈들은 아닌 것 같은데? 이것도 함정인가?'

바쁘게 돌아가는 머릿속과 달리 가람은 이제 조금씩 흥미가 생기기 시작했다. 사실 그동안의 함정은 큰 흥미를 주지 못하고 있었으니까.

"뭐가 다르려나?"

기대와 함께 한발 앞으로 내딛는 그 순간이었다.

키리리릭!

키릭!

놈들이 귀가 아플 정도로 괴음을 쏟아 내기 시작하고.

"음!"

휘청.

그 강렬한 소음에 순간적으로 몸의 균형이 무너졌다가, 빠르게 돌아온다. 가람이 아니었다면 순식간에 바닥에 누웠을 상황.

'대체 뭐지?'

재빠르게 내공으로 귀를 보호했으니 망정이지, 조금만 늦었다면 큰일 날 뻔한 상황.

갑작스러운 놈들의 공격도 공격이지만, 이건 시작에 불과했다.

푸드드득!

푸드득!

그렇지 않아도 어두운 동굴을 새까맣게 만들며 놈들이 날기 시작했다.

캬아아아!

붉은 눈과 날카로운 이빨을 드러내면서.

"좀, 신기하긴 하지만."

펑-!

일격!

내공을 가득 실은 주먹을 내뻗는 것만으로 단숨에 수십 마리의 박쥐가 산산조각 나며 사방에 흩날린다.

"결국, 박쥐잖아?"

피식 웃으며 가람은 날아드는 박쥐를 향해 쉬지 않고 주먹을 내뻗었다.

퍼퍼펑!

펑-!

이후로도 온갖 종류의 함정이 튀어나온다.

박쥐, 지네, 뱀을 이용한 함정과 치사량의 독을 엄청난 양으로 풀어낸 함정까지.

대체 이런 걸 어떻게 만들었나 싶을 정도로 기이한 함정들이 가득 나왔다.

"재미없네."

문제는 기대했던 것보다 별로였다는 것이다.

솟아올랐던 기대감이 순식간에 죽어 버릴 정도로.

그렇게 묵묵히 앞으로만 걸었고, 곧 동굴의 끝이 모습을 드러낸다.

적당한 넓이의 끝자락에는 황금성의 보물이나, 비급은 존재하지 않았다.

다만, 한 사람이 있었을 뿐.

"뭐지?"

수정으로 가득한 그곳의 중심에 황금으로 만들어진 관이 자리하고 있었다.

아니, 겉으로는 황금인 것 같았으나 실상 그 재질이 무엇인지 알 수 없었다. 투명하게 비치는 황금이란 존재하지 않으니까.

"사람? 사람인가?"

황금의 관 안에 잠든 것처럼 누워 있는 노인.

신선이 있다면 이런 모습일까 싶을 정도의 노인은 너무나 평안한 얼굴로 잠들어 있었다.

"황금성의 주인인가? 음……."

다가가진 않는 가람.

이런 곳에 관이 있고, 그 안에 관의 주인이 있었다. 이곳까지 오는 동안의 함정을 생각하면 단순한 무덤이라고 생각하긴 어려웠다.

"뭐, 곧 알게 되겠지."

어깨를 으쓱이며 앞으로 다가서는 가람.

그 순간이었다.

반짝, 반짝.

빛을 발하기 시작하는 수정.

가람의 움직임에 맞추어 반응이라도 하듯 스스로 빛을 뿌리기 시작한 수정은 곧 동굴을 가득 채우고.

마치 대낮처럼 밝아진 동굴.

마지막으로 황금빛 관이 반응한다.

우웅, 웅-.

금빛 광채를 뿌리며 흔들리기 시작한 관이 서서히 일어

서기 시작하더니, 곧 관이 열린다.

그그궁.

믿을 수 없는 기사에 놀랄 만도 하건만 가람은 재미있다는 얼굴로 천천히 내공을 끌어올린다.

그럴 수밖에 없었다.

관이 열림과 동시.

츠츠츠.

압도적인 살기와 강렬한 힘의 파동이 동굴을 가득 채우기 시작했으니까.

"후우우……!"

긴 숨을 토해 내며 죽은 것 같았던 노인이 눈을 뜬다.

죽은 사람이 눈을 뜬다는 것은 믿을 수 없는 일이었다. 강시라도 되지 않는 이상은 말이다.

하지만 가람의 눈앞에 모습을 드러낸 노인은 강시가 아니었다. 어떤 방법을 쓴 것인지는 알 수 없지만 아무래도 좋았다.

눈을 뜬 그의 두 눈에 가득한 적대감은 이대로 자신을 보내지 않겠다는 생각으로 가득했으니까.

"연자여. 황금성의 모든 것을 얻고 싶으냐."

"헛소리는 그쯤 하지? 살기를 그렇게 드러내 놓고 있으면서 무슨 헛소리야?"

"후하하하!"

우르르릉!

가람의 차가운 말에 노인이 크게 웃는다.

흔들리는 동굴.

곧 웃음을 멈춘 노인이 가람의 두 눈을 똑바로 바라보며 입을 열었다.

"그래, 그렇겠지. 내 앞에서 그딴 소리를 지껄인 놈 중에 살아서 돌아간 놈들이 없었지. 그리고 너 역시 마찬가지가 될 것이다."

"얼마나 잤는지 모르겠지만, 현실 감각이 없는 모양이지?"

웃으며 가람은 자신의 기운을 풀어 놓았다.

단숨에 노인의 기운을 밀어내며 동굴을 가득 채우는 짙은 마기.

그 강렬한 마기에 노인의 얼굴이 굳어진다. 하지만 그것도 잠시, 노인의 얼굴에 환한 미소가 드리워진다.

"그래, 이 정도는 되어야지. 제법 쓸 만한 몸을 지녔구나! 그 몸을 내 것으로 만들어 다시 도전할 것이다! 황금으로 세상의 모든 것을 손에 쥘 것이야! 대 황금성의 부활을……!"

"거, 죽은 영감이 더럽게 말 많네. 덤벼."

"애송이가!"

"다시 죽여 줄 테니까. 다신 일어나지 못하게."

웃는 그 순간 가람이 먼저 노인을 향해 달려들었다.

쿠웅-!

쿠구구구!

두 사람의 주먹이 정면에서 부딪친다.

그 충격이 얼마나 강렬한 것인지 동굴 전체가 흔들리며 당장이라도 무너질 것만 같았다.

하지만 정작 당사자인 두 사람은 전혀 개의치 않았다.

"놈!"

"다 죽은 노인이 제법이네."

퍼펑! 펑-!

단숨에 부딪치는 두 사람의 팔다리.

팔다리가 어지럽게 얽히며 서로의 머리나 심장을 노리지만, 쉽지 않았다.

대체 죽었다가 깨어난 것이 맞는 것인지 노인의 몸은 노인이라 할 수 없을 정도로 유연했다.

거기에 내공의 운용 역시 보통이 아니었다.

대체 어떻게 이런 일이 가능한 것인지 궁금할 정도로 말이다.

"제법이로구나! 그 힘! 그 재능! 그 젊음! 가지고 싶구나! 가지고 싶어! 으하하하하!"

노인.

이제는 잊힌 그 이름.

황금성의 주인, 황금충 천금영이 광소를 터트린다.

황금충의 공격은 거셌다.

공격 하나하나에 실린 힘이 보통이 아니었다. 어지간한 무인은 한 방에 이승과 작별해야 할 정도.

'이게…… 죽었다, 깨어난 사람의 힘이라고?'

퍼썩! 퍽!

날아드는 그의 주먹과 발을 막아 내며 가람은 얼굴을 찡그린다. 힘도 힘이지만, 빠르기도 보통이 아니었던 통에 다른 곳에 신경을 쓸 수가 없었다.

대체 어떻게 그가 다시 깨어난 것인지는 그리 궁금하지 않았다.

중요한 것은 그가 엄청난 실력자라는 것.

그게 중요했다.

"흡!"

숨을 깊이 들이쉰 가람은 단전에서 시작된 기운을 단숨에 주먹에 집중시켜, 날아드는 황금충의 주먹과 맞부딪친다.

뻐어억!

쿠구구……!

"흐……! 제법이로구나!"

뭐가 그리 좋은 것인지 그는 연신 웃으며 다시 주먹을 날리기 시작하고, 그 위력은 점점 기이할 정도로 강해지기 시작했다.

콰쾅-! 쾅!

연신 동굴이 부서지며 흔들리지만, 무너지진 않는다. 주변이 모래사막인 것을 생각하면 정말 기이할 정도였다.

"으하하하! 이것도 막아 보아라!"

부우웅!

자신의 단순한 공격이 통하지 않는다는 것을 뒤늦게 깨달은 황금충이 웃으며 내공을 다르게 운용하기 시작한다.

기운이 몰린다 싶더니 그의 몸에서 황금빛 광채가 쏟아져 나오고.

"이것이 황금신권이니라!"

투확!

쩌렁쩌렁한 그의 목소리와 함께 순식간에 앞을 가득 채우며 날아드는 거대한 주먹 하나.

황금 주먹과 다를 것 없는 그 모습에 가람은 재빠르게 뒤로 두 발걸음 물러서며 오른 주먹에 내공을 가득 집중시켰다.

쿠오오!

콰득!

두 발이 깊숙이 바닥을 뚫고 들어가는 그 순간 가람은

힘차게 주먹을 내질렀다.

"천마파천권!"

콰르르릉!

두 개의 강렬한 기운을 담은 권력이 허공에서 부딪치며, 동굴을 강하게 뒤흔든다.

쩌적!

콰앙-! 쿵!

동굴 천장에 매달려 있던 돌들이 부러지며 떨어져 내리고.

"캬하하하!"

황금충이 광기 어린 웃음을 토하며 달려든다.

시간이 흐를수록 황금충은 제정신을 잃어가는 것인지 두 눈이 붉어지고, 무분별하게 힘을 낭비하고 있었다.

문제는 그 낭비하는 힘이 보통이 아니라는 것이다.

"큭!"

신음과 함께 재빨리 고개를 숙이자, 머리 위를 스쳐 지나가는 황금충의 발.

날카로운 발차기에 이어 빠르게 몸을 회전시킨 황금충이 연속으로 주먹을 뻗어오지만, 가람 역시 가만히 있진 않았다.

재빨리 황금충의 몸쪽으로 바짝 붙으며 어깨로 그의 가슴을 강하게 밀치며 중심을 흩고, 흔들리는 그의 하체를 향해 강하게 발길질한다.

하지만 황금충 역시 보통은 아니었다.

"캬하!"

웃음과 함께 발끝으로 몸을 허공으로 튕기며 가람의 공격을 피해 내곤, 그대로 몸을 뒤집으며 주먹을 내뻗는다.

퍼퍼퍽!

주먹질 하나하나에 실린 내공이 보통이 아니었다.

조금만 신경 쓰지 않으면 단숨에 뼈가 부러져 버릴 정도로 강렬한 공격들.

'이런 공격을 언제까지 이어갈 수 있는 거야?'

주륵-.

식은땀이 흐르기 시작했다.

미친 듯이 내공을 뿜어내면서도 도저히 그 끝이 보이질 않았다. 죽었던 사람이 다시 깨어나 멀쩡히 움직이는 것도 신기한 일인데, 끝도 없는 내공이라니.

완전한 천마신공을 얻은 가람에게도 이런 일은 불가능한 일이었다.

끝이 보이지 않을 만큼 내공이 많은 것과 내공이 끝이 없다는 것은 엄연히 다른 이야기지 않은가.

게다가 더 짜증 나는 것은.

"핫!"

투확-!

퍽!

짧은 기합과 함께 빈틈을 노려 가람의 주먹이 황금충의 가슴을 완벽하게 때린다.

어찌나 강했던지 놈이 뒤로 날아가 동굴 벽에 처박힐 정도.

주먹에서 느껴지는 감각은 분명 가슴의 뼈를 부수고, 심장에 직접적인 타격을 주었다.

보통이라면 여기서 싸움은 끝이었다.

그런데.

"크흐흐흐……!"

붉은 눈으로 이젠 침까지 흘려가며 황금충은 움직이고 있었다.

부글부글!

거기다 움푹 들어갔던 가슴의 상처는 어느새 완벽하게 치유되고 있었다.

다시 말해 끝이 보이질 않는 싸움이다.

'약점을 찾아야 하나?

짜증 나는 상황이었다.

놈이 미친 듯이 내공을 방출하는 것과 달리 가람은 제한적으로 힘을 방출할 수밖에 없었다.

아직까진 동굴이 잘 버티고 있지만, 자신까지 날뛰게 되면 언제 무너질지 아무도 모르는 것이다. 놈이야 이미 죽었으니 후회할 것도 없겠지만 자신은 그게 아니지 않은가.

이제 시작인데, 여기서 죽을 순 없었다.

그것만 아니었다면 진즉에 있는 힘을 다해서 놈을 실컷 패줬을 터였다.

"그래, 어디 끝까지 해보면 알겠지."

으득!

반복되는 싸움에 짜증이 치밀어 오른 가람은 결국 검을 뽑아 들었다. 주먹으로 안 된다면 칼로 산산조각 내 버릴 셈인 것이다.

뻐억!

놈의 가슴을 강하게 발로 차서 거리를 벌린 가람의 손에 들리는 천마검.

스르릉-.

우웅, 웅!

녀석이 낮게 울음을 토하며 가람이 내보내는 내공을 하나도 남김없이 빨아들이기 시작한다.

우웅.

낮게 떨리며 검은 검기가 검을 뒤덮는다.

거친 마기가 날뛰기 시작하며 단숨에 동굴을 집어삼키고. 갑작스러운 변화에 황금충의 신형이 잠시 움찔하지만, 정말 잠시뿐이었다.

다시 가람을 향해 몸을 날린다.

"캬하아아악!"

"흐읍!"

힘만 믿고 정면으로 달려드는 황금충을 향해 가람은 곧장 천마검을 휘둘렀다.

스컥!

한 줄기 빛을 허공에 수놓으며 단숨에 황금충의 목을 날려 버린 가람은 이어, 놈의 머리가 땅에 떨어지기도 전에 재차 검을 휘둘러 남은 몸을 가로로 두 번을 더 베어 버리곤 뒤로 물러섰다.

분명 사람의 시신이 잔인하게 잘려 있음에도 불구하고, 피 한 방울 흐르지 않는다.

'확실히 강시는 아냐. 그러면 대체 이걸 뭐라고 설명을 해야 하지? 애초에 이런 일이 있을 수가 있나?'

절로 찡그려지는 얼굴.

츠츠츠……!

놈의 시신에 변화가 생기기 시작했다.

흩날리는 가루로 변하기 시작하더니 곧 황금관에 모여들기 시작한 것이다. 그리곤 순식간에 황금충 그의 모습으로 변해간다.

"캬하아아아!"

괴성과 함께 눈을 뜬 황금충이 다시 움직이기 시작한다. 이전에도 그랬지만 여전히 이성이 완전히 사라져 버린 모습.

"검으로도 안 되나…… 하지만."

검으로 놈을 죽일 수 없다는 것은 알았다.

동시에 놈의 시신이 황금관을 중심으로 모종의 장치가 되어 있다는 것도 알았다.

그 말은 다시 말해 놈을 빠르게 처리한 뒤, 되살아나기 전에 황금관을 박살 내면 놈의 부활을 막을 수 있다는 소리기도 했다.

계획이 서기 무섭게 가람이 먼저 움직였다.

파앗!

단숨에 놈의 지척에 도착한 가람의 검이 날카롭게 움직인다.

스컥!

촤아악!

단숨에 황금충을 세로로 두 쪽으로 베어 내 버린 가람은 연이어 몸을 회전시키며 황금관을 향해 천마검을 내질렀다.

내공을 가득 실은 찌르기 공격이라면 어떤 재질로 만들어졌든 한 방에 박살이 날 것이라 믿어 의심치 않았던 그 상황에서.

츠즈즈!

"헛!"

검이 황금관을 관통했다.

어떠한 타격도 주지 못하고.

눈앞에 관이 있음에도 불구하고 마치 신기루처럼 그냥 통과한 것이다. 놀라는 것도 잠시, 가람은 재빠르게 검을 다시 휘둘러보지만.

휘휙! 휙!

허공을 베는 것처럼, 어떠한 감각도 걸려들지 않았다.

츠츠츠.

그리는 사이 다시 황금관으로 가루로 변한 황금충의 시신이 모여들고.

"쯧!"

혀를 차며 뒤로 물러서는 가람.

솔직히 말하면 이번만큼은 가람도 충격을 받았다.

분명 해결책으로 생각했던 것이 통하지 않았던 것도 문제지만, 설마 이런 식으로 자신의 공격이 통하지 않을 것이라곤 생각지도 못했던 탓이다.

"대체 어쩌라는 거야?"

혀를 차며 놈이 부활하는 모습을 지켜보고 있을 때였다.

반짝.

순간적으로 반짝였다가 그 빛을 잃어가는 수정.

황금충과 황금관에 집중하느라 미처 살피지 못하고 있었는데, 주변의 수정들이 처음과 달라져 있었다.

정확히는 그 빛을 잃은 수정이 늘어나고 있었다.

신기한 것은 얼마 전까지만 해도 그렇게 치열하게 치고 받고 싸우며 동굴의 벽을 부수었는데도, 수정들은 부서진 것들이 없었다.

아예 없는 것은 아니었다.

빛을 잃은 수정 중에는 부서진 것도 있었으니까.

'반대로 빛을 잃지 않은 수정은 부서지지 않았어. 이게 연관이 있을까?'

순간적이었지만 가람은 수정과 연관이 있을 것으로 생각했다. 그리고 다시 달려드는 황금충을 어렵지 않게 검으로 베어 내곤 재빨리 수정의 변화를 살폈다.

이성을 잃고 단순하게 덤벼드는 황금충은 아무리 막강한 힘을 가지고 있어도, 가람의 상대는 아니었다.

그저 계속해서 살아나니 귀찮을 뿐이다.

스르륵.

볼 수 있었다.

빛을 뿌리던 수정이 순식간에 그 빛을 잃어가고, 수정이 빛을 잃은 만큼 황금관이 빛을 더하는 모습을 말이다.

"저게 약점이었군."

휘릭.

약점을 찾기 무섭게 가람은 몸을 움직였다.

더는 저 괴물 같은 놈을 상대하기 귀찮았기에 단숨에 끝내려고 한 것이다.

"홉!"

콰콰쾅-!

내공을 가득 실은 주먹을 수정을 향해 단숨에 내지른다. 꿍음과 함께 부서지는 수정들.

그리고.

"캬아아아악!"

막 부활에 성공한 황금충이 머리를 붙잡고 비명을 내지르기 시작했다. 그걸 확인한 가람은 연신 주먹을 내지르며 빠르게 수정들을 박살 냈고, 수정 대부분을 파괴했을 때쯤.

쩌엉!

둔탁한 소리와 함께 황금관이 산산 조각나며 흘러내린다.

그 영롱한 빛을 잃으면서.

덜썩!

"아아아악!"

무릎을 꿇은 채 머리를 붙들고 괴로워하는 황금충.

그리고 얼마 지나지 않아 그의 신형이 발끝에서부터 천천히 가루가 되어 무너지기 시작한다.

"이건…… 이건 아니야! 나는! 나는 영생불멸의 존재다! 천하를 내 발아래 두……."

파사삭.

끝까지 발악하던 황금충의 마지막 말과 함께 놈의 신형이 완전히 무너져 내린다.

빛을 잃은 채 무너져 내린 놈을 물끄러미 지켜보는 가람.

이번에야말로 완전히 죽었다고 생각은 하지만, 혹시나 모르는 일이지 않은가?

다행히 진짜 끝이 난 듯 더는 부활하지 않았다.

"후…… 귀찮은 놈이었어."

처음엔 괜찮은 상대였다.

상대하기 까다로울 정도로. 하지만 시간이 지나면서 이성을 잃은 황금충은 가람의 상대가 되지 못했다.

그저 달려들기만 하는 놈이 어떻게 상대가 되겠는가?

대체 어떻게 되살아 난 것인지 알 수 없지만, 그 부작용으로 짧은 시간만 이성을 유지했던 것으로 보였다.

즉, 불완전한 부활이었던 셈이다.

"가만? 황금충의 무덤이 여기에 있다는 것은 황금성의 보물도 여기 있다는 것 아닌가?"

보통이라면 응당 그래야 했지만, 아무리 찾아봐도 보물이라곤 조금도 보이지 않았다. 오히려 성을 잔뜩 칠해놓았던 황금이 더 욕심날 지경이었으니까.

고개를 흔들며 가람이 동굴을 거슬러 빠져나오는 동안, 그 보물은 다른 동굴에서 발견이 되었다.

"내 거야! 이건 내 거라고!"

"내놔! 내놔!"

푸확!

"아아악!"

"개새끼들! 다 죽여 버리겠어!"

콰드득.

고성이 오가고, 사방에서 피가 튄다.

분명 손을 잡고 함정을 헤쳐 가며 보물이 있는 곳에 도착했지만, 누구 하나 욕심을 내지 않는 이가 없었다.

마치 보물은 나 혼자만의 것이라는 듯.

어느새 그들의 두 눈은 붉게 물들어가고 있었지만, 그걸 눈치 채는 사람은 누구도 없었다.

그 누구도.

아비규환.

딱 그 한마디로 황금성의 전체적인 상황을 설명할 수 있었다. 광기에 물들어 정신을 잃어버린 자들이 펼치는 광란의 현장.

두, 세 개의 동굴을 확인한 가람은 다른 동굴에 더 들어가지 않고 흑룡대가 대기하고 있는 밖으로 나갔다.

"오셨습니까."

"정리는?"

"깨끗하게 끝냈습니다. 생각보다 남은 인원이 몇 없더군요. 남은 것은 저쪽에 숨어서 지켜보고 있는 놈들뿐입니다."

진우생의 보고에 고개를 끄덕인 가람은 휴식을 명령했다. 그리곤 진우생과 함께 앉아 이야기를 나눈다.

"천룡사, 아니 밀교가 노리는 것은 이곳에 있는 막대한 보물과 무공이겠지?"

"그럴 것입니다. 서장의 상황을 확실히 아는 것은 아닙니다만, 알려지기로 천룡사의 위치는 대뢰음사와 소뢰음사에 이른 서열 3위에 불과합니다. 오랜 시간 고착이 되었으니, 그 관계를 이젠 깨고 싶을 겁니다. 그러기 위해 황금성의 존재는 눈에 불을 밝힐 만한 기회가 되었을 겁니다."

진우생의 말에 동의한 가람은 강하게 몰아치는 용권풍을 응시했다.

"저 밖에도 대기하고 있는 인원이 제법 있겠지?"

"뒤늦게 도착한 자들이 제법 있을 겁니다. 어쩌면 저쪽에서도 준비하고 왔을 수도 있습니다. 황금성 안으로 들어온 숫자야 크게 많지 않지만, 보물을 옮기려면 사람이 필요한 법이니까요."

"첩첩산중이로군."

이곳을 빠져나가도 또 싸움이 이어질 확률이 높았다.

뒤늦게 움직인 대문파가 도착했을 수도 있고, 그 외에도 중원 무인들이 꽤 많을 터다. 여기에 밀교 무인들도 몸을 숨긴 채 대기하고 있을 테고.

이곳의 상황이 어떻게 정리되든 조용히 빠져나가지 못

하면 큰 싸움으로 번지게 될 것은 뻔했다.

욕심에 눈이 먼 이들은 어떤 말을 해도, 믿지 않을 것이 뻔하니 말이다.

"어쩌시겠습니까?"

진우생이 묻는 의도는 명백하다.

밀교를 먼저 처리하느냐, 아니면 황금성 안쪽을 정리하느냐. 하지만 선택에 여지는 없었다.

변수를 두지 않기 위해선 밀교부터 처리하는 게 옳은 일이었으니까.

"일각 뒤에 움직인다."

"존명."

으아아악!

멀리서 들려오는 비명에 파천륜 다르파는 자리에 누운 채 웃었다.

저 비명 하나하나가 황금성의 중심으로 향하는 열쇠가 될 것이란 사실을 잘 알기 때문이었다.

저들의 피와 시신으로 황금성의 기관은 제 역할을 하지 못하게 될 것이고, 소수의 몇 사람만 처리하고 나면 황금성의 모든 것은 자신의 것이 될 것이다.

'황금성의 모든 것을 손에 넣고 약간의 시간만 벌 수 있으면, 서장 제일의 세력으로 우뚝 서는 것은 우리가 될 것

이야. 그리고 당당히 중원으로 갈 수 있겠지.'

다르파의 계획은 서장을 차지하는 것에서 끝나지 않았다.

오랜 세월 서장 무림은 중원 무림에 비해 저평가를 받아야 했는데, 황금성에 잠든 막대한 보물과 무공이라면 충분히 중원을 공략할 바탕이 될 수 있을 것으로 판단했다.

굳이 중원 무림을 정벌할 생각은 없었다.

그저, 최소한으로 중원 무림에 서장 무림의 힘을 보여 주는 정도면 충분했다.

'굳이 많은 희생을 치르며 중원을 먹을 필요는 없어. 제어되지 않는 큰 배를 손에 넣는 것보단, 작아도 확실한 배를 손에 쥐는 것이 낫지.'

미래를 꿈꾸며 기회만 노리고 있던 그때였다.

벌떡!

자리를 박차고 일어서는 다르파.

잠시간의 틈을 두고 그의 수하들이 빠르게 자리에서 일어선다.

숨이 막힐 정도로 강렬한 기의 파동이 느껴지고 있었다. 그리고 그 힘은 정확히 자신들이 숨어 있는 방을 노린다.

"들킨 건가. 하지만 이 힘은 대체?"

들킨 것이 문제가 아니었다.

지금도 끊임없이 자신들을 향해 뻗어오는 힘의 정체를 알 수가 없었다. 진득하면서도 파괴적인 기운.

이런 힘을 발휘하는 자가 황금성에 들어왔을 것이라곤 생각지도 못했던 그다.

하지만 당황도 잠시.

"……가자. 이렇게 부르는데 초대에 응하지 않을 수 없지."

"존명!"

다르파의 말과 함께 그들이 움직이기 시작했다.

황금성 앞 약간의 대지에 그들이 마주 섰다.

흑룡대와 다르파가 이끄는 밀교 무인들.

중원에서 일반적인 인식을 생각하면 천룡사는 곧 밀교다.

하지만 정확히 이야기하자면 밀교는 천룡사의 어둠이었다.

서장에서 천룡사는 거대한 절이었고, 수많은 신도를 거느리고 있는 일종의 종교였다. 그리고 밀교는 그런 천룡사를 수호하고 실질적인 무력을 담당하는 곳이다.

천룡사가 곧 밀교라는 사실은 같지만, 세밀하게 따지면 조금은 다른 성격이다.

그 사실은 대치한 순간부터 드러나기 시작했다.

스릉, 스르릉.

말을 섞기 전부터 각자의 무기를 뽑아 들며 호전적인

기세를 드러내기 시작했으니까.

그런 놈들을 보며 가람은 가장 앞에 서서 웃었다.

"호전적이네. 우리만큼이나."

스르릉!

차착! 착!

말이 끝나기 무섭게 흑룡대원들이 각자의 무기를 든다. 호전적인 것을 따지면 무림에서 둘째가라면 서러운 것이 마인들이지 않은가.

천마신교는 그런 마인들의 정점에 있는 곳이고.

"네가 우릴 불렀나?"

그때 앞으로 나선 다르파가 가람을 보며 굳은 얼굴로 묻는다.

"그렇다면?"

"재미있군. 우리가 있는 곳을 어떻게 알았지?"

"모를 리가 있나. 처음부터 보고 있었는데."

"……보고 있었다고?"

그렇지 않아도 굳었던 얼굴이 더 굳는 다르파.

그 모습에 가람은 피식 웃었다.

"왜 보고도 가만있었던 거지?"

다르파로선 이해되지 않는 일이었다.

처음부터 보고 있었다면 자신들이 의심스럽다는 것쯤은 진즉에 파악했을 테다. 거기다 이미 알고 있다는 듯 조용한 곳에 숨었으니 더더욱.

그런데도 놈은 아무런 반응을 보이지 않다가, 이제야 자신들을 불러냈다.

심지어 정정당당하게 넓게 트인 공터에.

자신이었다면 불러내더라도 자신들에게 최대한 유리한 곳으로 유인했을 터였다.

머리가 복잡해지는 그때, 가람이 피식 웃고 만다.

"악한 놈들 상대로 머리를 쓸 필요 있나? 지켜보다 적절한 순간에 처리하면 되는 거지. 그리고 그 적절한 시점이…… 지금일 뿐이야."

강력한 도발에 다르파를 비롯한 밀교 무인들의 몸에서 강력한 살기가 솟아오른다.

분노, 살기, 투기가 복잡하게 섞여 분출하는 그들을 보며 가람은 속으로 웃었다.

당연하지만 이 모든 것은 가람이 노리고 한 말이었다.

사실 도발 없이 싸워도 이길 자신은 충분히 있었다. 하지만 가람은 좀 더 멀리 내다봤다.

적은 이들뿐만이 아니었다.

공동, 점창, 종남의 무인들도 남아 있는 데다, 밖에는 얼마나 더 많은 적이 기다리고 있는지 예상조차 할 수 없었다.

이렇게 되면 선택지가 사실상 하나밖에 없다고 봐야 했다.

최대한 전력을 보전하는 것.

자신이야 얼마든지 뚫고 나갈 수 있겠지만, 흑룡대는 아니었다.

이들은 아직 성장해야 하고, 훗날 신교의 중요한 축을 맡아줘야 하는 이들.

이런 곳에서 잃기는 많이 아까운 자들이었다.

"……서로 길게 말을 할 필요는 없겠군."

굳은 얼굴의 다르파가 자신의 독문 무기인 두 개의 륜을 집어 든다. 어른 몸통은 될 것 같은 큰 륜은 날카롭게 벼려져 있어, 베이는 것만으로도 큰 상처를 입을 것 같았다.

륜을 쓰는 사람이 거의 없기에 신기한 눈으로 그걸 바라보며 가람은 고개를 끄덕였다.

"덤벼."

"죽여라!"

두 사람의 말과 함께.

흑룡대와 밀교 무인들이 순식간에 서로를 향해 달려든다. 흑룡대의 실력도 보통은 아니지만, 밀교 무인들 역시 보통은 아니었다.

이번 일을 위해 정예를 추리고 또 추린.

밀교의 진짜 정예라고 봐도 무방할 정도이기 때문이었다.

촤르르륵!

피핑! 핑-!

기이한 소리와 함께 다르파의 륜이 허공을 위협적으로
날아든다.

날아드는 그 순간에도 흔들리며 계속해서 움직임을 보이
는 륜은 쉽게 피해 내기 어려웠고, 그건 가람이라고 해서
크게 다르지 않았다.

쩌엉-!

내공을 실은 천마검으로 강하게 튕겨 내는 가람.

그 뒤로 다르파의 또 다른 륜이 발목을 노리고 낮게 날아
든다.

촤르르륵!

"흡!"

기합과 함께 재빨리 허공으로 몸을 띄우며 륜을 피해내
는 그 순간, 첫 번째 륜을 빠르게 회수한 다르파가 몸을 날
린다.

"하앗!"

기합과 함께 륜의 중앙을 손으로 잡고 강하게 휘두르는
그.

공중이라 몸을 쉽게 움직일 수 없는 순간을 노린 공격이
었지만, 가람은 쉽게 당하지 않았다.

휘리릭!

몸을 회전시키며 강하게 허공을 발로 때린다.

내공이 잔뜩 실린 발길질은 허공에서 '꽝!' 하고 소리를 내며 충격을 일으키고.

그 작은 반동을 즉시 이용해 멀찍이 몸을 뺀다.

일련의 동작이 한 호흡에 펼쳐진다.

보통이라면 입을 쩍 벌리고 놀라야 하겠지만, 다르파 역시 보통은 아니었다.

자신의 공격을 피할 것을 계산이라도 하고 있었던 듯 휘두르던 류을 어느새 집어 던진다.

촤르륵!

카카카칵!

이번엔 세로로 땅을 파며 날아드는 류.

정확히 가람이 착지하는 곳으로 날아드는 류을 보며 가람은 기묘한 미소와 함께 허공에서 다시 한 번 몸을 비틀며 검으로 류을 강하게 쳐낸다.

쩌엉!

카르륵!

완전히 다른 곳으로 날아가는 류.

다르파와 전혀 반대 방향이라 류을 되찾지 못할 것으로 생각한 그 순간.

휘리릭!

마치 다르파에게서 떨어질 수 없다는 듯 류이 스스로 회전하더니 순식간에 다르파의 수중에 쥐어진다.

"그거, 재미있네."

솔직한 가람의 말에 다르파는 두 개의 륜을 부딪치며 교차한다.

"밀교의 보물 음양쌍륜이다."

"은사로 조종하는 것도 아닌데 다시 손으로 돌아가는 게 꽤 재미있어. 이기어검의 수준이나 하다못해 목어검은 되어야 가능할 것 같은데 넌 그 정도 수준은 되어 보이지 않거든?"

"후, 남의 무기에 꽤 관심이 많군."

크게 숨을 내어 쉬며 말을 받아 주는 다르파.

평소라면 이런 말을 받아 주지 않겠지만, 지금은 아니었다.

겉으로는 무표정했지만, 속으로는 내심 큰 충격을 받은 상태였다.

보통 상대는 아니라고 생각은 했지만, 자신의 공격이 이렇게까지 허무할 정도로 통하지 않을 것이라곤 생각지도 못했다.

더 큰 문제는 놈은 아직 제 실력을 보이지도 않았다는 것이다.

그 증거로 이제까지 자신에게 단 한 번도 검을 휘두르지 않았다.

공격할 기회가 여러 번 있었음에도 놈은 검을 휘두르지 않았다.

혹시나 싶어 빈틈을 일부러 보여 주었는데도 마찬가지.

"날…… 무시하는 거냐?"

결론은 하나였다.

놈은 철저하게 자신을 무시하고 있었다.

그게 아니라면 지금 상황이 설명되지 않았다.

그의 물음에 가람은 이전과 같은 미소를 보였다.

"그걸 이제 알았나 보네? 난…… 처음부터 너흴 무시하고 있었는데 말이야."

"네놈!"

"시끄럽게 짖지 말고 덤벼 봐. 내 실력을 알고 싶다면 말이야."

차가운 가람의 눈빛에 다르파의 얼굴이 무참히 구겨진다.

그리고 곧 이를 악물었다.

으득!

"그래, 보여 주마. 네놈이 무시할 정도로 내 실력이 약하지 않다는 것을 네 눈으로 똑똑히 봐라!"

오오오!

말이 끝나기 무섭게 다르파의 몸에서 강렬한 기세가 뿜어져 나오기 시작한다.

적절히 체력과 내공을 분배해서 싸우던 이전과 달리 이젠 진짜 목숨을 건. 공격 하나하나에 자신의 모든 것을 내걸려는 것이다.

그 모습을 보고서도 가람은 웃었다.

"이제 좀 재미있겠네."

등현마검

東天魔劍

17 章. 쥐새끼를 잡다.

콰르륵!

다르파의 륜이 거칠게 날아들고, 그걸 빠른 몸놀림으로 피해내자 륜이 땅을 파고든다.

쐐애액!

뒤이어 몸을 피한 곳을 향해 또 하나의 륜이 날아든다.

몸을 피하기 어려운 자세라 이번만큼은 가람도 피하지 않고 천마검을 들었다.

까앙-!

강렬한 소리와 함께 튕겨 나가는 륜.

"하앗!"

그 짧은 순간을 놓치지 않고 어느 사이 땅에 박혔던 륜을 회수한 다르파가 지척에서 류을 휘둘렀다.

서컥!

흩날리는 옷조각.

간발의 차로 피해 낸 가람은 빠르게 천마검을 휘둘렀다.

날카로운 찌르기로 다르파의 목을 노렸지만.

카카칵!

끼이익.

놀랍게도 류을 들어 비스듬히 세우며 천마검을 아예 류의 중심에 끼우며 막아 내는 다르파.

한순간이지만 가람의 움직임이 멈추며, 그를 붙든 그 순간.

휘리릭!

저편으로 날아갔던 류이 빠른 속도로 날아든다.

날카로운 예기를 발하며 날아드는 류을 확인한 가람은 검은 빼는 척하다 재빨리 다르파의 품으로 파고들며 발을 뻗었다.

뻐억!

급작스러운 발차기에 복부를 고스란히 내준 다르파가 신음과 함께 멀어지는 순간 가람이 재빨리 허리를 숙인다.

츠츠츠!

순간 머리 위를 스쳐 지나가는 류.

"크윽!"

팍!

고통스러운 와중에도 재빨리 륜을 받아 낸 다르파가 거리를 벌린다.

수십 초를 주고받았음에도 절대적 우위를 점하지 못한 상태.

자신의 모든 것을 쏟아부었음에도 승리를 장담할 수 없었다.

"퉤! 빌어먹을!"

입에 고인 핏물을 뱉어내며 얼굴을 찡그리는 다르파.

이제까지 무공을 익히면서 어려웠던 적이 한두 번은 아니었지만, 지금처럼 앞이 막막했던 상대는 결단코 처음이었다.

"어디서 이런 괴물이……!"

으득!

이를 가는 다르파.

그런 다르파와 달리 가람의 얼굴에선 미소가 떠나지 않았다.

'재미있어. 륜을 저런 식으로 다루다니. 독특하기도 하고, 변칙적인 공격이 많아서 처음 겪는 사람은 꽤 당황하겠어. 그걸 무기로 자기 실력보다 높은 상대를 제법 잡아냈겠는데?'

가람은 순수하게 이 상황을 즐기고 있었다.

다르파가 다루는 륜의 움직임도 신기하고, 그가 륜을 다루는 모습도 꽤 재미있었다.

당장 주변에서 흑룡대가 거칠게 싸우고 있다는 것을 생각하면 너무하다 싶을 정도로 여유로워 보였는데, 그건 당연한 일이었다.

흑룡대를 이끄는 사람이 누구인가?

흑검 진우생이다.

천마신교에서도 손에 꼽히는 실력자가 흑룡대장인 것이다.

흑룡대가 아무리 젊은 고수들로 구성되어 있다고 해도, 그걸 다루는 것이 그인 이상 큰 문제는 없을 것이다.

그만큼 가람은 진우생을 철석같이 믿고 있었다.

실제로 지금까지 자신을 한 번도 실망하게 한 적이 없었으니, 더 그랬다.

그런 상황이다 보니 누구보다 여유롭게 다르파를 상대할 수 있었다.

정작 다르파는 수하들이 신경 쓰여서 죽을 것 같았지만.

저들은 밀교의 현재와 미래를 책임져야 하는 핵심이었다.

저들의 숫자가 줄어드는 것은 곧 밀교의 힘이 줄어든다는 것과 다르지 않은 것이다.

더 강한 힘을 얻으러 왔건만, 힘을 얻기는커녕 미래를 책임질 수 없을 정도로 약해진다면 그것 또한 무슨 창피란 말인가.

그렇기에 다르파는 있는 힘을 다 쏟아 내었다.

놈이 자신을 아래로 여기든, 우습게 여기든 상관없었다. 어떻게든 제대로 한 방 먹여서 수하들을 보전해야 하니까.

문제가 있다면…….

가람으로선 맞아 줄 생각이 조금도 없다는 것이다.

파라락!

기이한 회전을 하며 날아드는 류을 자리에서 보고 있던 가람의 검이 이제까와 전혀 다른 방식으로 움직인다.

지금까지 그의 검은 류을 튕겨 내거나 간간이 다르파의 목을 노리는 정도로만 썼다.

하지만 지금은 달랐다.

날아드는 류의 방향에 맞춰 검을 움직이기 시작한 것이다.

스르륵.

그리고 류이 지척에 이르렀을 때.

허리를 뒤로 눕히며 류을 피해 낸 가람이 곧장 하늘을 향해 천마검을 찔러 넣는다.

천마검이 허공을 가르려는 그 순간.

카카카칵!

류의 중앙을 정확히 천마검이 꿰뚫는다.

굉음과 함께 천마검을 뒤흔들며 계속해서 앞으로 움직이려는 류.

재빨리 몸을 뒤집은 가람이 기합과 함께 천마검을 땅에 박아 넣는다.

류와 함께.

카르르륵.

툭.

"어, 어떻게?"

깜짝 놀라며 달려들다 말고 멈춰서는 다르파와 달리 가람은 여유로운 미소로 천마검에서 류을 뽑아 들며 손에 쥐었다.

우웅, 웅!

낮게 떨며 다르파를 향해 날아가려는 류을 힘으로 붙드는 가람.

"이거, 어떤 원리로 돌아가는 거지?"

잠시 손에 쥐고 살펴보지만, 딱히 이상한 점은 없었다.

가람의 입장에선 순전히 궁금하기도 했고 할 수 있을 것 같아서 류을 가로챈 것이지만, 다르파의 입장에선 자신의 무기를 빼앗긴 셈이다.

그것도 상상도 못 했던 방법으로.

그리고 이걸로 확실해졌다.

어떤 방법을 동원하더라도 그를 이길 수 없다는 것을 말이다.

으득!

'절망적이로군.'

으아악!

크헉!

주변에서 들려오는 비명들.

하나같이 자신의 수하들의 비명이다.

곁눈질로 살펴봐도 놈들이 죽어서 쓰러진 자는 거의 없었다.

기껏해야 몇 명.

그에 반해 자신의 수하들은 이제 몇 남지도 않은 상황이었다.

"후……!"

길게 숨을 내쉬며 머릿속을 깨끗하게 비운다.

어차피 상황은 끝났다.

철저하게 자신들이 유린당한 채로 말이다.

게다가 자신의 상대는 말 그대로 자신을 가지고 놀고 있는 상황.

화가 나지 않는 것은 아니지만, 저것 역시 강자만이 취할 수 있는 여유일 것이다.

그렇다고 이대로 물러서는 것은 오랜 시간 무인으로

살아온 자존심이 용납지 않았다.

'내가 할 수 있는. 그 모든 것을 한 수에 쏟아 낸다. 거기에 내 모든 것을…… 건다!'

우우웅!

마지막 각오를 알아차린 것인지 하나 남은 류이 강하게 공명하고, 단전에서 시작된 기운이 전신을 돌고 류에 집중된다.

찌릿찌릿!

단전이 한계에 달하며 비명을 내지를 정도로 다르파는 내공을 쥐어짜고 또 쥐어짰다.

어차피 이 공격 뒤에 자신은 없다.

단전이 망가지는 것 정도는 아무것도 아니었다.

그렇기에 그는 마지막 기운까지 끌어냈다.

선천진기.

모든 인간이 품고 태어나는 원천기운이자 목숨과도 같은 그것을 쓴다는 것은 다르파가 죽을 각오를 했다는 것.

류을 살피던 가람의 시선이 다르파를 향한다.

고오오-.

거친 기운을 폭풍처럼 쏟아 내는 다르파.

그 마지막 발악을 보며 가람은 류을 다르파를 향해 가볍게 던졌다.

파앗!

턱!

류을 자신에게 돌려주는 가람을 무심한 눈으로 바라보는 다르파.

그 시선에 가람은 천천히 중심을 낮추고, 자세를 잡으며 말했다.

"해봐. 네 모든 걸, 보여 봐라."

오만이 하늘을 찌르는 말투였지만, 다르파는 인정했다.

눈앞의 사내가 자신과 전혀 다른 경지에서 살아가는 무인이라는 것을.

그렇기에 그의 말처럼 자신이 할 수 있는 모든 것을 쥐어 짰다.

츠르르르!

두 개의 류이 낮게 울음을 토해 내며, 푸른 기운을 토해 내고.

키리릭!

위이이잉-!

기묘한 소리와 함께 그의 양손에서 빠르게 회전하는 류!

당장에라도 튀어 나갈 것 같은 두 개의 류을 전력으로 붙든 다르파의 얼굴이 당장이라도 터질 듯 붉어진다.

"이게……! 마지막이다!"

피를 토하는 외침과 함께 두 개의 류이 하늘을 날았다.

츠츠츠!

키아아아!

흔들린다 싶던 류이 순식간에 분열하기 시작하고, 그 변화의 폭도 이제까지와 비교할 수 없을 정도였다.

가장 무서운 것은 류이 뿌리는 푸른 빛.

강기(罡氣)였다.

다르파는 자신의 모든 것을 쏟아부어 강기를 생성한 것이다.

대단했지만, 그게 신부였다.

적어도 가람의 입장에선.

"현란하긴 하지만……."

우우우!

천마검이 이제까지와 전혀 다른 울음을 토해 내며, 순식간에 검은 검강(劍?)을 만들어 낸다.

극마지의 기운을 완전히 받아들인 탓인지 외부로 드러나는 가람의 기운은 모조리 검은색이었다.

탁하지 않은 순수한 흑색.

그걸 확인하는 순간 다르파는 쓰게 웃었다.

"빌어먹을. 끝까지…… 가지고 놀았군."

퍼석, 퍼서석.

말이 끝나기 무섭게 그의 머리카락이 하얗게 물든다 싶더니 부서지기 시작한다.

눈앞이 보이지 않는 그 상황에서 다르파가 마지막으로

본 것은 자신의 륜을 단숨에 조각내 버리며 상황을 마무리하는 가람의 모습이었다.

"제길……."

덜썩!

그것이 파천륜 다르파의 마지막이었다.

밀교의 미래를 이을 후계로 인정받던 자의 최후치고는 참으로 쓸쓸한 죽음이었다.

"수고하셨습니다."

어느 사이에 다르파의 수하들을 완전히 정리한 진우생이 가람의 곁에 다가오며 고개를 숙인다.

"희생은?"

"셋이 죽었고, 열둘이 다쳤습니다. 치명상은 없습니다."

"생각보다 많군."

"죄송합니다."

"됐어. 약한 놈은 죽는 게 당연한 거지."

고개 숙이는 진우생에게 손을 저어 준 가람의 시선이 여전히 번쩍이는 황금성을 향한다.

"뒤는 확보했으니, 이젠 앞을 처리할 때지. 만만치 않은 싸움이 될 거야. 다른 놈들은 몰라도 공동, 종남, 점창은 만만한 놈들이 아니니까."

"전 오히려 기대됩니다."

진우생이 웃으며 가람의 말을 받는다.

그 말에 황금성에서 시선을 거둔 가람이 진우생을 바라본다. 어딘지 모르게 설렘을 안고 있는 얼굴.

"상황이야 어떻든 간에, 중원의 명문 정파를 박살 내는 일이지 않습니까? 마도인 치고, 그런 꿈을 꿔보지 않은 사람은 없을 겁니다. 그리고 그 꿈이 작게나마 이루어진다고 생각하니 심장이 뜁니다."

"그래, 그렇지?"

"소교주님을 따르길 진심으로 잘했다고 지금 다시 한 번 생각하고 있습니다. 그리고 훗날 저 중원 어딘가에 꼽힐 본교의 깃발이 벌써 눈에 훤합니다."

"언젠가는 그렇게 되겠지. 그리고 그 선두에는 네가 서게 될 거야."

"감사합니다."

고개 숙였다 들어 올리는 진우생의 눈이 빛난다.

이제까지 본 그의 얼굴 중에 가장 밝은 얼굴.

그의 말처럼 상황이 어떻게 되었든, 천마신교가 정말 오랜만에 중원의 명문 정파를 공격하는 일이었다.

그리고 이걸 시작으로 천마신교는 더욱 성장할 것이다.

저 드넓은 중원 전역에 천마신교의 깃발을 꽂을 정도로.

"잡담은 여기까지 하고. 안의 상황을 보고 올 테니, 휴식을 취하고 있어."

"존명!"

스르륵.

가람의 신형이 황금성 안으로 향한다.

'역시 이상한 기운이 감돌기 시작했어.'

수하를 보내도 되는 일이지만, 굳이 가람이 홀로 황금성 안으로 들어온 것은 황금성 안에 감도는 기묘한 기운 때문이었다.

안으로 들어간 무인들을 광기에 빠지게 만든 것도 그 기운이었다.

"크아아아!"

"내꺼, 내꺼야아아!"

"황금! 황금이닷! 캬하하하!"

"나는 부자다아아아!"

"천하제일인은 나다. 내가 된다고!"

하나 같이 붉어진 눈으로 미친 듯 사방을 날뛰는 사람들을 보며 가람은 조용히 자리를 피한다.

저들이 왜 저렇게 된 것인지 확실히는 알 수 없지만, 황금성 내부에 흐르는 이 기묘한 기운이 문제일 것이다.

'사기(邪氣)라고 해야 하나? 이런 기운을?'

확실한 정체는 알 수 없지만, 분명한 것은 흑룡대도 어쩌면 이 기운에 정신을 잃을 수도 있었다.

가람 본인이야 이런 기운에 당할 걱정을 조금도 하지

않지만, 수하들은 그게 아니지 않은가.

'중요한 건 역시 이쪽이겠지.'

가람의 발길이 향하는 곳은 공동, 점창, 종남이 들어간 동굴이었다.

황금성에서 지하로 향하는 통로 중 가장 크고 중앙에 위치한 곳으로, 꽤 많은 무인이 들어갔지만 그들은 개의치 않고 밀고 내려갔었다.

자신이 있었을 것이다.

먼저 내려간 이들을 모조리 처치하고 황금성의 보물을 손에 넣을 자신이.

그리고 그 자신감이 지옥을 만들어 냈다.

"이……! 미친놈!"

"눈이 붉어진 자들의 목을 베어라! 불경과 진경을 끊임없이 되뇌어라! 그렇지 않으면 사기에 침범당한다!"

동굴의 끝자락.

거대한 공간이 마련된 그곳에서 그들은 처절하게 싸우고 있었다. 동료의 피를 온몸에 묻히면서.

콰직!

푸확-!

뜨거운 피가 얼굴에 튀어 오르지만 공동파의 장로 마학균의 얼굴엔 짜증만이 가득하다.

벌써 제 손으로 죽인 제자가 몇인지 알 수 없을 정도였다.

문제는 그게 끝을 보이지 않는다는 것.

"불경과 진경을 외워라! 쉬지 않고 외워라!"

"정신을 차린 이는 뒤로 빠져라! 이곳을 벗어난다!"

"서둘러라!"

사방에서 소란스럽게 소리를 치고 있지만, 그런 소리조차 그의 귀에는 들리지 않았다.

지금 그의 머릿속을 가득 채우고 있는 것은 아쉬움이었다.

"빌어먹을……!"

'조금만 더 가면 될 것 같은데!'

분명 느낌상 조금만 더 앞으로 가면 황금성의 보물이 자신을 기다리고 있을 것 같았다.

미친놈들만 아니었다면 그러고도 남았을 것이다.

'대체 어디서 이런 어마어마한 사기가 뿜어져 나오는 거야?'

으득!

이를 악물며 뒤로 빠져나오는 마학균.

그가 끌고 왔던 제자 중에서 내공이 얕거나, 정신 수양이 부족했던 자들은 사기에 침범당해 광기를 뿌리며 사방으로 날뛰고 있었다.

처음에는 어떻게든 정신을 차리도록 조취를 취했지만, 그 결과는 참담했다.

죽지 않고선 끊임없이 날뛴다.

고통조차 잊은 채 말이다.

결국, 정신을 잃지 않은 이들이 해 줄 수 있는 것은 최대한 그들을 편하게 해 주는 것이었다.

다행히 광기만큼 본래의 무공 실력을 드러내진 못하는 것인지 상대하는 것이 어렵지는 않았지만, 점차 사기에 침범당하는 이들의 숫자가 늘어가는 것이 문제였다.

"서둘러 이곳을 빠져나가야 하오!"

"알고 있소! 전원 철수한다! 서둘러라!"

어느새 다가온 점창파의 장로 사마달이 이야기하자, 마학균은 짜증을 내며 제자들에게 소리쳤다.

마지막까지 버티고 있던 공동파 무인들이 뒤로 빠지기 시작하자, 순식간에 동굴을 거슬러 올라가기 시작하는 세 문파의 무인들.

처음엔 근 일천에 가까운 숫자였지만, 멀쩡하게 물러서는 인원은 수백에 불과했다.

"이쯤에서 쉬었다가 갑시다!"

종남파 장로 배지태의 외침에 일제히 발걸음을 멈추고 주저앉으며 휴식을 취하는 이들.

힘들었을 것이다.

끊임없이 달려드는 사기를 막아 내는 것도, 방금까지 웃으며 대화를 나누었던 동료의 목을 베는 것도.

어느 하나 쉬운 것이 없었다.

육체가 멀쩡해도 정신은 그 어느 때보다 피폐해져 있는 것이다.

이대로 돌아간다면 제 역할을 기대하기 어려울 것이 뻔했다.

"이대로 돌아간다면 엄청난 문책이 따를 겁니다."

"많은 제자를 잃었으니 아마 장로직을 내려놔야 하겠지요. 문책이 문제가 아니라 앞으로 저들이 어떻게 버텨 낼 수 있을 것인지 모르겠습니다."

이야기를 주고받으며 크게 한숨을 내쉬는 사마달과 배지태.

자신들이 이끌고 온 이들이 문파의 본대는 아니라지만, 선발로서 충분히 역할을 하게끔 실력이 있는 이들로 구성했다.

그런데 소득은커녕 희생만 있었으니…… 문제가 커질 것이 분명했다.

두 장로가 그런 걱정을 하는 사이에도 마학균의 시선은 자신이 거슬러 온 동굴 안쪽에서 떨어질 줄 모른다.

여전히 비명과 사기가 은은하게 뿜어져 나오는 그곳.

으득!

이를 악무는 마학균.

여전히 머릿속을 점령한 아쉬움이 도저히 떠나질 않는
다.

포기해야 한다는 것을 알면서도 그게 쉽지가 않았다.

사실 이번 일에 개입을 한 것은 그의 독선이나 마찬가지
였다.

본래 공동에선 황금성과 관련된 일에 개입하지 않으려고
했으나, 공동 내부에서 다음 대 장문인과 관련한 경쟁에서
조금 뒤처지고 있던 그가 역전을 위해 욕심을 낸 것이다.

자신의 모든 것을 건 일이나 마찬가지였는데, 이대로 실
패하게 된다면 장문인 자리가 문제가 아니었다.

장로 자리조차 지키지 못할 확률이 매우 높았다.

'어떻게든 해야 해. 어떻게든. 이대로 모든 것을 빼앗길
순 없어.'

그때였다.

그의 마음을 비집고 기이한 목소리가 들려온 것은.

[더 높은 자리에, 더 강한 실력을, 더 많은 재화를 가지고
싶지 않아? 네가 원한다면 얼마든지 가능해. 네가 원하는
것이 뭐야? 다 이루어 주마.]

'뭐, 뭐야?'

깜짝 놀란 그가 벌떡 자리에서 일어서려 했지만, 몸은 조
금도 움직이지 않는다.

동굴의 끝자락을 보고 있는 자세 그대로 몸이 굳어 버린 것이다.

그 기괴한 현상에 마학균이 식은땀을 흘리지만, 그걸 보고 있는 사마달과 배지태의 시선은 차갑기 그지없었다.

말을 걸어도 대답도 없고, 협력 관계임에도 안하무인처럼 군다.

지금까지는 배분도 높고 특별한 일이 없었기에 받아들였지만, 이젠 아니었다.

제자들을 잃은 상황에서 굳이 그와 손을 잡을 필요가 없는 것이다.

게다가 두 사람 모두 황금성에 대한 욕심을 비운 상태.

셋 중 가장 강한 것이 마학균이라지만, 상황이 이러니 따로 행동한다 하더라도 막아서지 못할 것이었다.

사마달과 배지태의 시선이 부딪치고 짧은 순간 눈빛으로 많은 이야기를 나눈 그들이 동시에 고개를 끄덕인다.

그리고 남몰래 입을 달싹이지만 어떤 소리도 들리지 않았다.

전음을 이용해 마학균을 철저히 배제한 채 이야기를 나누고 있었다.

- 이제 공동과 함께하는 것은 어려울 것 같소. 아직 욕심을 버리지 못한 것 같으니.

- 나 역시 마찬가지입니다. 더 이상의 희생은 부담스럽습

니다. 안타깝지만 여기서 물러나는 것이 최선의 방안으로 보입니다.

- 마찬가지요. 이대로면 그가 하자는 대로 끌려가는 것일 뿐. 밖의 상황은 모르겠으나, 우리 두 문파가 힘을 합치면 이곳을 빠져나가는 것에는 문제가 없을 것이오.

- 마 장로가 우리와 함께하면 상관없겠지만, 그렇지 않다면 이곳에서 헤어지도록 합시다.

끄덕.

고개를 끄덕여 동의한 두 사람이 자리에서 일어선다. 어차피 길게 끌고 나갈 이야기가 아니기에 배지태 장로가 먼저 입을 열었다.

"미안하지만 종남은 이곳에서 공동과의 협력을 끝내겠소. 아쉽지만 본파는 황금성과 관련된 일을 더는 진행하고 싶지 않소."

"점창 역시 동의하는 바요. 이 이상의 희생은 불필요하다 싶으니."

"이보시오, 마 장로."

끝까지 자신들을 보지 않는 마학균을 보며 배지태가 얼굴을 찡그리며 그의 어깨를 두드리려는 그 순간이었다.

픽!

"윽!"

빠르게 날아온 그의 손이 그의 팔을 쳐낸다.

갑작스러운 일에 배지태가 신음과 함께 물러서고, 사마달이 나선다.

"이게 무슨 짓……!"

"그래, 처음부터 그러면 되는 거였어."

홀로 중얼거리며 비척대며 자리에서 일어서는 마학균.

그 모습에 순간 불길함을 느끼며 빠르게 물러서는 사마달.

"크흐, 크흐흐, 크하하하하!"

돌연 크게 광소를 터트리는 마학균을 보며 공동파 무인들이 영문을 모르는 사이 사마달과 배지태는 상황을 파악하고 재빨리 외쳤다.

"피해라! 마 장로가 광기에 물들었다!"

"자리를 피한다! 당장!"

파바밧! 팟!

두 사람의 명령이 떨어지기 무섭게 점창과 종남 무인들이 분주히 일어서며 동굴 밖을 향해 달렸고, 공동 무인들은 주춤거리며 일어섰지만 어떻게 하지 못하는 그 짧은 순간.

"어딜 가느냐!"

콰아앙!

마학균의 강한 주먹이 사마달과 배지태를 후려친다!

"컥!"

"큭-!"

대비하고 있었음에도 마학균의 공격에 속절없이 밀려나는 둘.

마학균의 실력이 뛰어나다곤 하지만 두 사람에 비해 크게 높은 수준은 아니었다.

두 사람이 힘을 합치면 어떻게든 상대가 가능한 수준.

그런데, 방금 공격은 아니었다.

대체 어떻게 한 것인지 겨우 일격이었으나 속절없이 밀려난 짓이다.

당연히 두 사람의 안색이 나빠진다.

"크하하하! 황금성의 보물은 내 것이다! 내 것이야!"

마학균이 날뛰기 시작했다.

'미쳤군. 그것도 단단히.'

뒤늦게 도착해 상황을 파악하던 가람은 고개를 흔들었다.

공동파의 장로나 되는 사람이 이따위 사기에 당했다는 것은 그만큼 틈이 많았다는 것이다.

특히 욕심이 많았을 테다.

물론 황금성을 뒤덮은 사기가 특별한 것도 있었다.

가람 정도나 되니 밀어내는 것이지, 그렇지 않은 자들은 알게 모르게 조금씩 영향을 받고 있을 터였다.

'고통을 모르니, 선천진기고 뭐고 싹 써 버리는 거지. 단전이 부서질 정도로 내공을 무리하게 쥐어짜는 것도 당연하고. 그러니 평소보다 훨씬 더 강한 위력을 발하는 것인데……..'

대충 사기에 침범당한 광인이 어떻게 큰 힘을 발휘하는 것인지는 알아차렸다.

문제가 있다면 그게 모든 광인에게 통용되지 않는다는 것이었다.

자신들을 이끌어야 할 장로가 광인이 되자 마지막 희망을 잃어버린 공동파 무인들이 하나둘 광인이 되어 가고 있었다.

그들 중에는 분명 광인이 되기 전보다 강한 힘을 발휘하는 몇이 있었지만, 반대로 그보다 훨씬 더 못하게 되는 경우도 많았다.

아니, 압도적으로 이쪽이 더 많았다.

대체 어떻게 이런 일이 벌어지는 것인지 이해하기 힘든 상황.

'하긴 미친 늙은이가 다시 되살아난 것도 이해할 수 없었으니까. 결국, 황금성 자체가 함정일 확률이 높은 건가? 아니지. 정확하게는 그 늙은이의 헛된 야망이 더해진 무덤이나 마찬가지인 거지.'

거의 정확하게 황금성이 세워진 일에 대해 짚어 낸 가람이었다.

이러는 순간에도 마학균은 날뛰고 있었고, 그를 잡기 위해 사마달과 배지태가 노력하고 있었지만 쉽지 않았다.

두 사람의 명령을 받은 점창과 종남 무인들이 동굴을 탈출하고 있었지만, 그들 중에서도 하나둘 광인이 나오기 시작한다.

아직 동굴을 탈출하기 위해선 한참 남았으니, 어쩌면 이곳을 멀쩡히 벗어나는 것은 불가능한 일일지도 몰랐다.

본래는 자신이 나서서 저들을 싹 쓸어버리려고 했었다.

그런데 상황이 이렇게 돌아가니, 굳이 자신이 나설 필요가 없을 듯 보였다.

오히려 지금은 저들의 상태를 살필 필요가 있었다.

당장은 동굴에 불과 하지만 황금성 전체에 사기가 퍼져 버리면, 흑룡대라고 해서 무사할 것이란 보장이 없으니까.

사기에 강하다고 알려진 정파의 대문파들이지 않은가.

저들이 이렇게 될 정도라면 흑룡대는 어쩌면 더 쉽게 무너질지도 모르는 일이었다.

모두가 자신과 같지는 않으니까.

'결국, 이 사기가 어디에서 시작되는 것인지 알아야 하는 건가? 막을 방법이 있을지 모르겠군.'

솔직히 말해 답답한 일이었다.

조그마한 단서 하나 없이 문제를 해결한다는 것은 거의 불가능한 일이니까.

그때 가람의 머릿속을 스쳐 지나가는 생각 하나가 있었다.

'그러고 보니 왜 그 늙은이 하나뿐이지?'

분명 전설에서 황금성은 어느 날 홀연히 사라졌다고 했었다.

그리고 함께 사라진 사람의 숫자는 꽤 많았다.

황금성을 지탱하던 상인에서부터, 든든히 지켜 주던 무인들과 하인에 이르기까지.

대체 몇 명인지 알 수 없을 정도의 사람이 사라진 것이다.

황금충이 여기에 잠들어 있었으니, 그들도 어딘가에 있겠지만 문제는 그 흔적이 전혀 없었다.

얼마나 오랜 세월이 흘렀는지 모르겠지만, 되살아나 자신과 싸우기까지 했던 괴물이다.

'분명 내 몸을 노렸어. 다시 말해 날 이겼다면, 어떻게든 내 몸을 빼앗을 자신이 있었다는 소리겠지? 그런 말도 안 되는 일을 대가 없이 치를 수 있었을까?'

깊게 생각할 것도 없었다.

불가능한 일이니까.

그리고 결론을 내는 것은 어렵지 않았다.

어차피 하나밖에 없었으니까.

"미친 늙은이. 자신의 욕심을 위해서 그 많은 사람을 다

죽였다는 거잖아?"

황금성을 만든 모든 인부를 죽이고, 자신을 따라온 자들을 죽였을 것이다.

그 증거가 이 지독한 사기였다.

오랜 세월이 흘렀음에도 원한이 얼마나 강했으면, 아직 남아 사람을 홀리겠는가.

불가능한 영생을 위해 황금충은 모두를 배신한 것이나 마찬가지였다.

그나마도 불완전했을 것이다.

그러니 그런 모습으로 다시 깨어난 것이겠지.

"황금성 자체가 무덤이로군. 거대한 무덤. 그것도 더럽고, 고약한 냄새까지 나는."

추측일 뿐이지만, 가람은 자기 생각이 틀리지 않았을 것이라 확신했다.

가람의 얼굴이 왈칵 구겨진다.

진짜 냄새가 나는 것 같았다.

구리고, 또 구린 냄새 말이다.

서컥-.

날카롭게 베어 들어간 천마검이 적의 목을 떨어트린다.

하늘로 솟구치는 핏줄기.

무심히 지나치며 가람은 쉬지 않고 검을 휘두른다.

파바밧.

푸화확!

사방에서 솟구치는 핏줄기에 반응을 보일 만도 하건만, 가람은 무표정한 얼굴로 계속해서 움직인다.

미쳐서 날뛰는 정파 무인들의 목을 베는 것은 어렵지 않았다.

애초에 실력 차이가 크게 나기도 했지만, 광기에 물들면서 제 실력을 발휘하는 자가 손에 꼽을 정도였다.

다시 말해 재미는 없고, 귀찮기만 한 일이 되어 버린 것이다.

'그렇다고 흑룡대를 부를 수도 없을 것 같고.'

본래 나서지 않고 지켜만 보려고 했던 가람이 움직인 것은 급작스럽게 증가한 사기 때문이었다.

그렇지 않아도 이곳에서 느껴지는 사기가 다른 곳보다 월등히 높았는데, 어느 순간부터 폭발적으로 증가한 것이다.

덕분에 그나마 정신을 유지하고 있던 종남과 점창 무인들까지 완전히 맛이 가 버렸다.

정신을 온전히 유지하고 있는 사람이 한 사람도 없었다.

"밖이 괜찮을지 모르겠네. 흑검을 믿어보는 수밖에."

막대한 내공을 이용하여 동굴의 사기가 밖으로 나가는 것을 막고는 있었지만, 과연 이게 성공적인 것인지는 알 수 없었다.

지금 상황에서 가람이 할 수 있는 일은 하나.

동굴 안쪽으로 들어가는 일이었다.

사기의 근원을 찾아서 해결하면 될 일이니 말이다. 본래는 조용히 안쪽으로 이동을 하려고 했지만, 미친놈들이 복잡하게 얽혀서 싸우고 있다 보니 모습을 드러내지 않을 수 없었다.

함정이 무너져 내리며 통로가 좁아진 곳이 한둘이 아닌지라, 어쩔 수 없는 선택이었다.

그렇게 무심히 검을 휘두르며 쉬지 않고 움직인 끝에, 마침내 동굴의 끝에 이를 수 있었다.

족히 수천 명은 들어갈 수 있을 것 같은 거대한 공간.

수많은 이들이 피를 흘리며 쓰러져 있었고, 그중에 숨을 헐떡이며 살아남은 자들도 있었지만 오래 갈 것 같진 않다.

한계까지 모든 것을 쥐어 짜낸 무인을 기다리는 것은 오직 죽음뿐이다.

저들이라고 해서 다를 것이 없었다.

무심한 눈으로 주변을 둘러보는 가람.

꽉 막힌 동굴. 길이라곤 자신이 들어온 곳밖에 없는 것 같았지만, 곧 한곳을 향해 움직인다.

고오오-.

"엄청나군."

동굴의 한쪽에서 엄청난 양의 사기가 뿜어져 나오고 있었다.

어지간한 실력을 지닌 무인이라도 단숨에 사기에 침범당해 무너질 정도로 강렬한 사기가 벽 너머에서 끊임없이 뿜어져 나오고 있었다.

놈들은 가람도 예외로 두지 않았다.

끊임없이 가람을 공격했지만, 성과는 조금도 없었다. 당연한 일이었다.

가람의 몸에는 세상 누구보다 강렬한 마기가 똬리를 틀고 있으니까.

이따위 사기에 침범당할 것이었다면, 오래전에 마기에 굴복하여 죽었을 터다.

툭툭.

가볍게 벽을 두드려본다.

아무런 느낌이 없지만, 가람은 확신했다. 이 너머에 무언가가 있다고 말이다.

"흡!"

쾅-!

콰르르릉!

기합과 함께 단숨에 벽을 후려치자 굉음과 함께 무너져 내리는 벽. 사람 서넛이 동시에 들어갈 것 같은 통로가 무너진 벽 뒤로 모습을 드러내고.

쿠와아악!

이제까지와 비교할 수 없는 강렬한 사기가 단숨에 뻗어나오지만.

"어딜."

쿠오오오!

단숨에 자신의 기운을 뻗어 낸 가람은 사기를 그곳에 가두었다.

검은 마기가 눈에 보일 정도로 강렬하고 진득하게 가람의 몸에서 흘러나온다.

어둡고 음침한 통로를 잠시 바라보던 가람이 곧 그곳으로 들어간다.

똑, 똑, 똑.

동굴은 습했다. 기묘한 냄새가 코를 찌르고, 동굴 천장에선 연신 물방울이 떨어져 내린다.

깊이 들어가면 갈수록 강렬해지는 사기.

'이 정도면 소림방장이라도 감당하지 못하겠는데?'

가람조차 얼굴이 찌푸려질 정도로 지독한 사기가 저곳에서 흘러나오고 있었다.

파사(破邪)의 기운을 간직한 불공(佛功)과 도가 계열의 무공을 익혔더라도 이곳의 사기에는 당해내지 못했을 것이란 생각이 든다.

그럴 수밖에 없었을 터다.

"역시……."

황금성의 미친 늙은이 때문에 죽은 이들의 원한이 뭉치고 뭉쳐서 만들어진 사기였으니까.

그 증거가 가람의 눈앞에 모습을 드러낸다.

엄청난 규모의 방.

허나 그 공간을 채우고 있는 것은 영문도 모른 채 처절하게 죽임 당한 자들의 유골뿐.

대체 몇 사람의 것인지 알 수 없을 정도로 많은 수의 유골이 모습을 드러낸다.

오랜 세월이 흘렀으니 산화하여 그 흔적조차 남지 않았어야 했건만, 얼마나 원통했으면 뼈가 삭지 않고 자리를 지키고 있단 말인가.

황금충 그 미친 늙은이가 무슨 짓을 했는지는 알 수 없지만, 분명한 것은 수많은 이들의 목숨을 담보로 한 번 죽었다가 다시 살아났다는 것이다.

그리고 타인의 몸을 빼앗아 영원히 살려고 했었다.

황금성은 그걸 위한 미끼나 마찬가지였다.

실력이 없다면 그곳까지 도달하지 못했을 것이고, 도착

했다는 것은 실력이 있다는 반증이니 그 몸을 빼앗을 계획이었을 것이다.

그러니 깨어나자마자 자신의 몸을 탐했던 것이겠지.

물론 그 모든 것이 헛된 꿈에 불과했겠지만.

"쯧쯧."

혀를 차며 주변을 둘러보는 가람.

사실 가람이라고 해서 딱히 방법이 있는 것은 아니었다. 이만한 사기를 없앨 좋은 방법을 알고 있는 것도 아니고 말이다.

더욱이 마인이 제령이나 굿에 대해서 알고 있는 것이 있겠는가?

"저건……."

그때 가람의 눈에 들어온 것은 저 멀리 벽 너머에서 요사스러운 빛을 뿌리는 구슬이었다. 그 붉은 구슬은 귀하게 여겨졌던 것인지 제단으로 보이는 곳에 놓여 있었다.

거기에서 느껴지는 강렬한 흡입력에 한순간 정신을 팔릴 뻔했던 가람은 혀를 찼다.

순간적이라 하지만 자신이 정신을 놓을 정도였다.

이걸로 확실해졌다.

"저게 이곳의 핵심이로군. 부수면 되려나?"

잠시간의 고민 끝에 가람은 발끝에 걸리는 돌을 강하게 찼다.

쐐애액!

순식간에 허공을 날아간 돌은 정확하게 붉은 구슬에 부딪친다.

쩌엉-!

파사삭.

구슬이 깨지는 그 순간.

끼아아악!

끼아악!

소름 끼치는 소리가 순간 귀를 찔렀지만 잠시였다. 그리고 대체 언제 그랬냐는 듯 순식간에 사기가 줄어들기 시작한다.

제힘을 잃은 듯.

우르르릉!

그와 함께 흔들리기 시작하는 황금성.

이제까지와 차원이 다른 그 흔들림에 얼굴을 구긴 가람이 서둘러 왔던 길을 달려가기 시작한다.

휘이이잉!

날카로운 모래바람이 불어오는 사막.

저 멀리 보이는 용권풍을 보며 멍하니 시간을 보내던 이선화가 중얼거린다.

"오늘은 철수해야 하는데……."

지금까지 가람이 돌아오길 기다리고 있었지만, 이젠 철수를 해야 했다. 가지고 온 물과 식량이 돌아가는 동안 쓸 것밖에 남지 않았기 때문이었다.

물론 최소한으로 잡고 버티고자 한다면 가능은 하겠지만, 그렇지 않아도 위험이 도사리는 사막에서 굳이 모험을 걸 필요는 없는 일이다.

결국, 기다리는 것은 오늘이 끝이었다.

"벌써 이십 일입니다. 오늘은 돌아가야 합니다, 아가씨."

"나도 알고 있어. 그보다 저쪽 상황은?"

"무서울 정도입니다. 중원에서 온 무인의 숫자가 하루가 지날수록 늘어나고 있습니다. 반대쪽에선 서장 무인들이 하나둘 모습을 드러내고 있는데, 아직 충돌은 없습니다만……."

뒷말은 듣지 않아도 알 수 있었다.

저들 모두가 황금성의 보물을 노리고 달려온 자들이었다. 언제인지 알 수 없지만 용권풍과 죽음의 모래가 멈추는 그 즉시 보물을 향해 달려들 것이다.

그 과정에서 흐르는 피는 사막을 붉게 물들일 것이고.

한발 물러서서 저들의 눈을 피했기에 망정이지, 그렇지 않았다면 좋지 않은 일에 휘말렸을 것이다.

지금만 해도 아슬아슬한 수준이었고.

'이대로 죽을 사람은 아니었어. 내 코가 잘못된 것이 아니라면, 그런 냄새를 풍기는 사람도 처음이었고. 어쩌지?

으득.

붉은 입술을 깨문 그녀가 긴 한숨을 내쉰다.

생각해서 어쩌겠는가? 이미 결론은 나 있는 것을.

"······철수한다. 준비해."

"명."

그녀의 명령이 떨어지기 무섭게 철수를 준비하는 수하들. 그 모습을 멍하니 보던 이선화가 마지막으로 용권풍을 바라볼 때였다.

"어?"

쿠오오오!

크고 엄청난 위력이긴 했지만, 똑바로 솟구친 채 움직임이 없던 용권풍이 출렁이기 시작했다.

이제까지 단 한 번도 없었던 움직임.

좌우로 출렁이기 시작한 용권풍은 대체 언제 그 자리에 고정되어 있었냐는 듯 서서히 원을 그리며 움직이기 시작한다.

그뿐만 아니었다.

츠르르르!

조용히 흐르던 죽음의 모래가 마치 태풍을 만난 것처럼 엄청난 움직임을 보이며 빠르게 흐르기 시작했다.

마치 용권풍과 죽음의 모래가 공명이라도 하듯.

"이게 대체……!"

멍하니 그 모습을 지켜보고 있을 때였다.

쿠구구구!

이젠 땅이 뒤흔들리기 시작했다. 마치 이 거대한 사막 전체가 흔들리는 것 같은 착각 속에서.

키리릭!

카카칵!

기묘한 기계 소리와 함께 그녀의 옆으로 솟구치는 철문 하나.

깜짝 놀라기도 전에 철문이 열리며 밖으로 나온 것은.

"어?"

"응? 아직도 기다리고 있었나?"

피식 웃으며 등장하는 사내.

가람이었다.

황금성 내부의 일을 대략 정리해 놓은 가람은 흑룡대를 동원해서 황금성 내부의 보물을 찾게 했다.

어차피 대부분의 함정은 부서져 제 역할을 하지 못하고 있었고 살아남은 사람 역시 없으니, 보물의 주인이 정해지지 않은 것이다.

눈앞에 있는 보물을 굳이 마다할 이유는 없는 법.

하지만 어디에서도 황금성의 보물은 나오지 않았다.

황금성 외부를 둘러싸고 있는 엄청난 양의 황금을 제외하면 전설에서 떠들어대는 보물이나 무공은 전혀 존재하지 않았다.

"미친 늙은이가 뿌린 소문이었군. 하긴, 그 정도는 되어야 세월이 흘러도 관심을 가지는 놈들이 있을 테니까. 그런데 그 막대한 부는 대체 어떻게 한 거지?"

아무리 생각해도 이해가 되지 않았다.

물론 황금성을 칠하고 있는 황금의 양은 엄청났다. 하지만 그게 전부였다.

당시 황금성의 부는 말로 할 수 없을 정도였다고 한다.

그 말은 소문이 거짓이었거나, 이곳에 있어야 할 보물이 이미 누군가의 손에 들어갔다는 것. 혹은 황금성을 만드느라 모두 소진했을 가능성까지.

여러 가지 추측이 가능했지만…… 굳이 관심을 두진 않았다.

없는 걸 어쩌겠는가? 굳이 크게 필요한 것도 아니었고. 있다면 좋은 거지만, 없는 걸 굳이 깊이 고민할 필요는 없었다.

오히려 고민이 되는 것은 이곳을 빠져나갈 방법이었다.

가지고 온 식량과 물이 얼마 남지 않았다.

저 망할 용권풍이 또 언제 멈출지 모르는 상황이니 느긋하게 기다리고 있을 수도 없기에 가람은 밖으로 통하는 길을 찾고 또 찾았다.

황금충이 계획대로 살아났다면 자신이 빠져나갈 길 정도
는 남겨놨을 것이라 생각했기 때문이었다.

그리고 생각대로 길이 있긴 했었다.

작은 문제가 있었다면 길이 열림과 동시에 황금성이 침
몰하기 시작했다는 것.

덕분에 흑룡대 전원과 미친 듯이 밖을 향해 뛰어야 했다.

그런 사정을 전해 들은 이선화는 입을 쩍 벌렸다.

"그럼 그 막대한 황금이 가라앉고 있다는 거예요? 죽음
의 모래 사이로?"

"그런 셈이지. 뭐, 전설과 같은 보물은 없었어. 칠해진 황
금이 아깝긴 하지만 굳이 신경 쓸 정도는 아니었고."

"하?"

고개를 내젓는 이선화.

그럴 수밖에 없었다. 용권풍이 미친 기세로 움직이기 시
작하면서 순간 드러났었던 황금성의 위용은 엄청난 것이었
으니까.

그리고 황금성은 크게 기울어지며 가람의 말처럼 죽음의
모래 아래로 가라앉고 있었다.

마치 더는 존재 이유가 없는 것처럼.

"그럼 이제 어떻게 할 거예요?"

그녀의 물음에 가람은 고민할 것 없다는 듯 손가락으로 한곳을 가리킨다.

"잠시 서장에 다녀와야 하겠어."

"서장을요?"

"볼일이 생겼거든."

가람의 시선이 용권풍을 피해 흩어지는 무림인들 무리 중 하나를 향한다.

죽은 다르파의 품에서 나온 장보도.

그것이 가람의 발걸음을 서장으로 향하게 했다. 평소라면 굳이 죽은 사람의 품을 뒤지지 않았을 것이지만, 황금성을 탈출하기 위한 작은 단서라도 찾기 위해 어쩔 수 없는 선택이었다.

사실 장보도를 손에 넣고도 얻은 소득은 없었다.

장보도에는 황금성에 들어올 방법과 함정의 위치 몇 개가 적혀 있는 반쪽짜리였으니까.

문제는 장보도에서 참 재미있는 흔적을 찾았다는 것이다.

남들이 보기에는 아무것도 아닌 흔적에 불과하지만, 가람의 눈에는 아니었다.

반쪽짜리 장보도는 원본이 아닌 누군가가 필사를 한 것이었는데, 그 필사에서 가람이 아는 사람의 흔적이 나온 것이다.

"기세기. 네놈이 서장에 숨어들었을 줄은 몰랐구나."

그랬다.

그 흔적은 기세기의 것이었다. 놈에게는 독특한 방식의 글씨체가 있는데, 그것이 장보도에서 발견된 것이다.

원본이었다면 가람도 굳이 서장으로 가지 않았을 터다.

그래야 할 이유가 없었으니까.

하지만 기세기의 흔적이 발견된 이상 가람의 목적지는 서장이 될 수밖에 없었다.

"이번에야말로 죽여 주마, 기세기."

살기를 띠는 가람.

이전에는 운 좋게도 놈이 도망쳤지만, 이번에는 그럴 수 없을 터다.

놀라울 정도로 머리를 잘 굴리는 놈이지만, 서장에서 깊은 관계를 맺고 있는 사람은 아직 없을 것이다. 다시 말해 놈을 보호해 줄 사람이 없다는 뜻이다.

어떻게 장보도를 필사하게 된 것인지 아직은 알 수 없지만, 확실한 것은 하나였다.

이번에야말로 놈을 죽일 것이란 것.

찝찝하게 후환을 남겨두는 것보다, 이렇게 흔적을 찾았을 때 놈을 확실히 죽여야 한다는 것이 가람의 생각이었다.

'녀석은 나랑 안 맞아. 기회가 왔을 때 확실히 처리해야 해. 굳이 살려둬서 후환을 만들 필요는 없겠지. 우선은……

천룡사가 목표가 되려나?

기세기를 찾기 위한 첫 번째 목표는 역시 천룡사였다.

밀교라는 또 다른 이름을 가지고 있는 문파이지만, 어쨌거나 지금으로선 놈과 관련된 곳이 그곳밖에 없었다.

운이 좋다면 아직 천룡사에 있을 것이고, 운이 나쁘면 서장에서 다시 놈을 찾아야 할지도 모른다.

하지만 어느 쪽이든 놈을 죽일 것이다.

그렇게 가람이 서장 무림에 조용히 입성했다.

많은 사람이 거대한 천룡사를 찾아 향을 피우고 절을 한다. 천룡사의 규모는 서장에서 절대 작지 않았다.

서장 무림에서의 위치가 어떻든 외부적으로 보이는 신도의 숫자와 천룡사의 규모는 서장에서 가장 컸다.

대뢰음사와 소뢰음사라는 강력한 적이 아니었다면 서장 무림에서도 큰 영향력을 발휘하고 있었을 테지만, 아쉽게도 그러진 못했다.

어쨌거나 천룡사의 문이 활짝 열린 낮에는 사람들과 섞여 조용히 절을 둘러볼 수 있었다.

일반인이 갈 수 있는 곳은 제한되어 있었지만, 그것만으로도 충분했다.

대략적인 길을 파악하는 것만으로도 충분하니까.

아쉬운 것이 있다면 서장에 대한 신교의 영향력이 미미

하다는 것이다. 그 말은 이곳에 대해 꿰차고 있는 담당자가 없다는 것이다.

기본적인 정보야 어렵지 않게 얻을 수 있겠지만, 정보원이 없다면 깊은 이야기까지는 알기 어려운 일.

흑룡대원들 중 정보에 대해 그래도 좀 알고 있는 이들이 나서서 며칠에 걸쳐 새롭게 정보를 수집해 보고한다.

"근래 대뢰음사와 소뢰음사의 마찰이 심해지고 있는 것 같습니다. 여기에 천룡사는 황금성의 일을 최대한 감추고는 있습니다만, 전력이 약해졌다는 것을 끝까지 숨길 순 없을 것으로 보입니다."

"대뢰음사와 소뢰음사 때문에?"

"예. 두 문파의 사이는 원래 좋지 않았지만, 전면전으로 가게 될 경우, 호시탐탐 기회만 바라고 있던 천룡사로선 움직이지 않을 수 없을 겁니다. 두 문파 역시 그걸 모르는 것은 아니니 섣불리 움직이지 않았던 것이고요."

"……이미 알고들 있군. 천룡사의 개입이 없을 거란 걸 아니까, 두 문파가 본격적으로 싸우려는 거야. 그렇지?"

"그럴 것이라 생각합니다."

수하의 보고에 가람은 만족스러운 미소를 지었다.

시간적 여유가 없고, 기반이 마련되지 않은 상태에서 제법 양질의 정보를 가져온 것이 만족스러운 것이다.

"재미있군. 상황이 꽤 재미있어."

가람의 말처럼 서장 무렵의 상황은 매우 급하게 돌아가고 있었다.

천룡사가 앞선 두 문파에 비해 힘이 떨어지는 것은 사실이지만, 대뢰음사와 소뢰음사가 부딪치게 되면 어부지리로 올라서게 되는 것은 천룡사였다.

즉, 두 문파 역시 천룡사는 부담스러운 존재였다.

그렇게 나름의 구도를 유지하고 있었는데, 천룡사에 문제가 생기며 확실하게 무너져 내렸다.

필사적으로 내부의 일을 감추려 했겠지만, 애초에 쉽게 감출 수 있는 일이 아니었다.

어느 날부터 주요 정예들이 보이지 않게 된 데다가, 황금성의 보물을 차지했을 때를 생각해 제법 많은 인원을 내보내지 않았던가.

어차피 시간이 지나면 다 알려질 일이었으니, 이미 알고 있다고 해서 놀랄 것은 없을 테다.

중요한 건 황금성에 대한 것을 끝까지 감추는 일이었으니, 천룡사로선 거기에 관한 이야기가 나오지 않는 것만으로도 다행으로 여겨야 했다.

이제서는 헛된 꿈일 뿐이겠지만.

중요한 것은 그게 아니었다.

"놈은?"

"아직 확인하지 못했습니다. 다만, 이상한 소문이 잠시

돌았다고 합니다."

"놈에 대한 건가?"

"확실치는 않습니다만, 얼마 전까지 중원인 하나가 돈을 펑펑 쓰고 다녔다고 합니다. 그러면서도 이것저것 묻고 다녔던 모양입니다. 보이지 않은 지 좀 되었다고는 하는데…… 의심되어 뒤를 캐보는 중입니다."

"놈일 확률이 높네…… 좋아, 쉬어."

"명."

고개를 숙이고 사라지는 수하의 뒷모습을 보던 가람이 자리에서 일어선다.

확률이 높다고 말했지만, 가람은 놈이라고 확신했다. 이 먼 곳까지 일부러 찾아와 돈을 펑펑 쓰고 다닐 멍청이가 몇이나 되겠는가?

분명 몇 가지 일을 해 주고서 막대한 돈을 손에 쥐었던 것이 틀림없었다.

'갑자기 보이지 않는다는 것은 사람들의 관심을 부담스러워했다는 거지. 혹은, 조용히 해야 할 일이 생겼거나.'

절로 머리가 빠르게 돌아간다.

문득 가람은 자신이 확실히 무림인이 되었다고 생각했다. 예전이라면 이런 일에 머리가 빠르게 돌아가지 않았었는데, 이젠 의식하지 않아도 정리가 되는 수준이 되어 버렸다.

하긴 인제 와서 무림인이 아니라고 하기도 우습긴 했다.

결론은 쉽게 났다.

놈은 천룡사에 있는 것이 확실했다. 여러 정황이 그렇게 말해 주고 있었다.

"쥐새끼를 사냥하러 가 볼까?"

가람이 본격적으로 움직이기 시작했다.

"아직도 별다른 소식이 없느냐?"

"예. 사막으로 나간 이들에게서도 아직 답이 없습니다. 하지만 곧 연락이 닿을 것입니다."

"후우……!"

천룡사의 주지이자 밀교의 교주인 천봉(千棒) 마일수의 얼굴 가득 근심이 돈다.

머리를 밀었다 뿐, 평범한 인상인 그는 모르는 이들이 본다면 인자한 노인으로 생각할 정도였다.

천봉이란 독특한 별호처럼 그는 봉을 무기로 사용했는데, 한 수에 천 개의 봉을 만들어 낼 정도로 강하다 해서 그런 별호가 붙었다.

그만큼 그의 실력이 대단하다는 것.

문제가 있다면 대뢰음사와 소뢰음사란 커다란 벽 때문에

그 빛을 오랜 시간 보지 못하고 있다는 것이다.

"대뢰음사와 소뢰음사가 움직이기 시작했다. 본 교의 이상을 알아차린 것이겠지."

"그렇다 하더라도 당장 움직이진 않을 것입니다. 서로에 대해 너무 잘 알고 있는 만큼, 본격적으로 싸우기엔 부담이 클 겁니다."

"그렇습니다. 저들은 쉽게 서로에게 칼을 겨누지 못할 겁니다."

밀교주의 말에 자리에 함께한 장로들이 고개를 끄덕이며 하나같이 좋은 말만 한다. 그렇게라도 현실을 외면하고 싶었지만, 가장 끝자리에 앉은 냉혹한 얼굴의 장로 하나가 분위기를 깨 버린다.

"제일 문제는 놈들이 본 교를 치지 않을 보장이 없다는 겁니다. 솔직한 말로 지금 상황에서 가장 쉬운 상대는 저희니까요."

"으음!"

"큼!"

불편한 기색으로 시선을 돌리는 장로들을 보며 밀교주는 쓰게 웃었다.

사실이기 때문이었다.

그렇지 않아도 황금성에 선발대로 투입했던 정예를 잃은 것이 뼈아픈 상황에서, 이번에 황금성으로 달려간 이들은 진짜 밀교의 정예들.

보물을 무사히 얻는다면 괜찮지만, 만약의 경우엔 천룡사라면 몰라도 밀교는 오랜 세월 침묵을 해야 한다.

그것도 저 두 문파가 건드리지 않는다면 말이다.

그리고 회복하더라도 벌어진 격차는 쉽게 좁힐 수 없을 것이 뻔했다.

저쪽도 멍청이가 득실거리는 것이 아니라면 지금 상황에서 누구를 쳐야 하는지 모두가 아는 상황.

답답할 수밖에 없었다.

"……녀석은 어디에 있느냐?"

수하에게 문뜩 묻는 교주.

그 물음을 기다렸다는 듯 그가 답했다.

"지금은 조용한 곳에 가두어 두었습니다. 당분간 위험하니 밖으로 나서는 것을 멈춰 달라고 부탁했습니다. 부족함 없이 준비해 주었으니, 괜찮을 것으로 생각합니다."

"쯧쯧. 처음부터 제대로 된 장보도를 들고 왔다면 좋았을 것을. 그래도 반쪽이라도 얻었으니 진짜를 확인할 수 있었던 거겠지. 황금성의 일이 끝날 때까지 잘 감시하도록."

"존명."

"슬슬 따분하네."

잔뜩 부른 배를 두드리며 자리에 누운 기세기가 눈을 굴린다. 가만히 있어도 맛있는 음식이 들어오는 것은 좋지만, 계집이 없어서 심심했다.

밖으로 마음껏 돌아다닐 땐 계집질이라도 부족함 없이 했었는데 말이다.

그렇다고 상황을 이해하지 못하는 것은 아니었다.

누구보다 눈치가 빨랐기에 지금까지 살아남을 수 있었으니 말이다.

'아무래도 분위기가 심상치 않단 말이지. 중원을 떠나 이곳으로 온 건 좋은 선택이었어. 우연히 시장에서 황금성인지 뭔지 하는 것의 장보도를 얻은 것도 좋았고.'

기세기는 바보가 아니었다.

보물을 손에 쥐어도 그것을 지킬 힘이 없다면 죽을 수밖에 없다는 것을 누구보다 잘 알고 있었다.

그렇기에 그는 미련 없이 장보도를 천룡사에 내다 팔았다.

이유는 하나였다.

천룡사가 가장 간절했으니 비싼 값을 쳐줄 것으로 생각한 것이다.

대뢰음사와 소뢰음사에 밀려 만년 3등이란 딱지는 이런 기회가 아니면 뗄 수 없다는 것을 저들도 잘 알 것이니 말이다.

"배도 부르고 좀 움직여 볼까?"

그에게 지금 허락된 것은 천룡사에서 살짝 떨어진 암자의 주변을 산책하는 것뿐이다.

그나마도 밀교 무인들이 지키고 있기에 크게 떨어질 순 없었다.

'천룡사가 밀교고, 밀교가 천룡사. 뭐가 이렇게 복잡해? 아무튼, 무림은 알다가도 모르겠다니까.'

투덜거리면서 천천히 걷는다.

그러면서 끊임없이 눈을 굴리며 호위 무인들의 숫자와 동선을 머릿속으로 기억했다.

지금은 문제가 없지만, 만약의 경우에는 이곳을 벗어나야 하지 않겠는가? 개인적인 감으로 그 시기가 멀지만은 않을 것 같다는 것이 그의 판단이었다.

하지만 그 날카로운 감각도 이번만큼은 피해가질 못했다.

"오랜만이지, 그렇지?"

"헉……!"

웃으며 모습을 드러내는 가람을 보며 기세기가 소스라치게 놀라고, 갑작스러운 적의 등장에 밀교 무인들이 달려들지만.

푸화확-!

피를 뿌리며 단숨에 쓰러지는 밀교 무인들!

그 피바람 속에서 가람은 웃는 모습으로 기세기를 바라본다. 두 눈은 어느 때보다 차갑게 하고서.

덜썩!

주르륵!

그 강렬한 눈빛과 살기에 주저앉기 무섭게 바지를 적셔버리고 마는 기세기.

놈을 보며 가람은 여전히 웃는 얼굴로 말했다.

"쥐새끼가 오래도 살았어, 그렇지? 이젠 별다른 후회도 없을 거야."

"아, 아냐. 나, 난!"

"그 시궁창 같은 입으로 하는 소리를…… 난 듣고 있을 자신이 없네."

여전히 눈은 차갑지만 웃는 얼굴의 가람이 무심하게 검을 휘두른다.

단숨에 놈의 목을 벨 그 순간이었다.

"멈춰라!"

쩡!

기합과 함께 단숨에 둘의 사이를 파고들며 천마검의 검면을 정확히 때리며 물리치는 노인.

밀교주 천봉 마일수였다.

"아, 쥐새끼 같은 게 참 목숨이 질기네."

가람이 쓰게 웃으며 밀교주를 바라본다. 그러면서도 기

세기에게 신경 쓰는 것을 잊지 않았다.

쥐새끼도 여러 번 놓치면 기분이 더러운 법.

오늘은 이 질긴 악연을 확실히 끝낼 생각이었다. 어떤 방법을 쓰더라도 말이다.

'빌어먹을! 대체 왜 이렇게 된 거야?'

기세기는 정말 미칠 것 같았다.

서장까지 와서 저 괴물 같은 놈과 다시 마주쳤으니, 어찌 미치지 않을 수 있겠는가?

게다가 전에는 도망이라도 칠 수 있었지만, 이번엔 상황이 달랐다.

그나마 밀교주가 나서면서 시간은 벌었으나, 그게 전부.

'방법이. 방법이 있을 거야. 여기서 살아나갈 방법이!'

으득!

이를 악문 그가 눈치를 보기 시작한다.

하지만 그마저도 가람은 정확하게 보고 있었다.

"그렇게 눈치 볼 거 없어. 어차피 넌 죽어. 이 자리에서."

단호한 가람의 말에 움찔하는 기세기.

"허허, 재미있는 놈이로구나! 감히 여기가 어딘지 알고 침입한단 말이냐!"

"천룡사. 아니면 밀교? 어느 쪽으로 불러 줄까?"

"놈! 그걸 알면서도 감히……!"

"글쎄? 겨우 천룡사 따위가 내 앞을 막을 수 있을까?"

거만하게 말하는 것 같지만, 그 모두가 사실이었다.

가람은 충분히 천룡사를 박살 낼 실력도, 자신도 있었다. 그런 그의 앞을 막는다? 애초에 불가능한 일인 것이다.

문제가 있다면 그걸 아는 것은 가람 본인뿐이라는 것.

"오만하구나! 오만해! 그 오만함이 과연 실력으로 이어지는 것인지 궁금하구나!"

빌교수 천봉 마일수의 얼굴은 더없이 굳어져 있었다.

그렇지 않아도 내부 상황이 좋지 않은 상태에서, 이렇게까지 자신들을 무시하는 것에 기분이 좋아질 사람은 없었다.

표현은 하지 않았지만, 그 속은 천불이 날 지경이었다.

"실력? 뭐, 확인해 봐."

차갑게 말하며 슬쩍 물러서는 가람.

"쉽진 않겠지만."

촤르르.

마치 구슬이 쟁반 위를 구르는 것 같은 기묘한 소리가 허공에 울려 퍼지며, 봉 끝이 끝도 없이 갈라지기 시작한다.

실제로 봉이 갈라진 것이 아니었다.

빠르고, 현란하게 움직이는 탓에 눈이 따라가지 못하며 착각을 일으키는 것이다.

여기에 묘하게 환(幻)의 묘리를 섞음이니.

집중력이 약하거나, 실력이 떨어지는 이들은 날아드는 봉을 보면서도 피해내지 못했을 것이다.

아니, 상대가 가람이 아니었다면 밀교주의 공격은 아주 위협적이었을 테다.

"흥!"

코웃음과 함께 뒤로 발을 빼는가 싶던 가람이 돌연 앞으로 한 걸음 크게 내디딘다.

순간 봉 끝과 몸이 닿으려는 그때.

"크윽!"

신음과 함께 밀교주가 뒤로 물러섰다.

그의 봉이 제대로 된 공격을 하려면 거리가 필요했다. 봉과 같은 무기의 가장 기본적인 것은 거리다.

지금 가람은 그 거리를 순간적으로 엉망으로 만들어 버린 것이다.

그것도 봉을 뒤로 뺐다가, 찔러 넣으려는 그 순간을 완벽하게 파악해서 말이다.

덕분에 공격을 실패한 밀교주는 재빨리 봉을 쥔 손을 교묘하게 흔들었다.

부웅!

낭창하게 휘며 단숨에 찌르기에서 휘 두르기로 전환되는 봉!

천봉이라는 말처럼 기가 막히게 봉을 자유자재로 다루고 있었지만, 가람의 입장에선 그래 봐야 봉이었다.

"하앗!"

기합과 함께 내공을 가득 실은 오른 주먹을 곧장 위로 들어 올리자, 그의 봉과 부딪치는 주먹.

퍼억!

짧은 소음과 함께 봉이 뚝 부러지고, 놀란 밀교주가 뒤로 재차 물러선다.

"너……!"

놀라는 그에게 가람은 혀를 차며 말했다.

"쯧쯧. 그래도 놈의 사부일 테니, 기대했는데 영 아니군. 놈은 보는 재미라도 있었지만……."

"……무슨 소리냐?"

"뭐라고 했지? 이름이……."

일그러진 밀교주의 얼굴을 보며 가람은 웃으며 말했다.

"다르파라고 했던가?"

"놈! 다르파를 어찌했느냐!"

파앗!

강한 분노와 함께 밀교주가 몸을 날린다.

이제까지와 달리 진짜 생사를 나누듯 달려드는 그를 보며 가람이 말했다.

"죽었지. 모조리."

"개자식아!"

홍분하며 달려드는 밀교주를 보는 가람의 눈이 차갑다. 그러면서도 기세기의 움직임을 놓치지 않았다.

지금도 자신과 밀교주의 싸움을 틈타 조금씩 뒤로 피하고 있지 않은가. 놈은 이번에도 도망갈 셈인 것이다.

가람은 놓칠 생각이 전혀 없었다.

퍼억-!

홍분한 채 달려드는 밀교주의 배를 강하게 때려 낸 가람은 곧 몸을 날렸다.

밀교주를 향해서가 아닌, 막 자리에서 일어나 도망치려는 기세기를 향해.

"헉!"

"말했지? 넌 죽는다고."

스컥!

놈이 뭐라 입을 열기도 전에 가람의 검이 깨끗하게 목을 베어 버린다.

튀어 오르는 피와 쓰러지는 기세기의 몸.

오랜 시간의 악연이라고 하기엔 너무나 허무할 정도로 쉽게 끝났다.

"쥐새끼 같은 놈."

쓰러진 놈의 얼굴을 보던 가람이 몸을 돌린다.

어느 사이에 가람의 몸에선 지금까지와 전혀 다른 폭발

적인 마기가 뿜어져 나오고 있었다.

그 강렬한 기운이 단숨에 주변을 사로잡는다.

움찔, 움찔.

당장이라도 달려들려 했던 밀교주는 자신을 압박하는 기운이 이를 악물며 대항했다.

'이건…… 대체!'

믿을 수가 없었다.

몇 번이고 봐도 자신보다 훨씬 어린놈이었다. 그런 놈이 자신을 압도하는 기운을 방출한다? 쉽게 믿을 수 없는 일이었다.

문제는 그 믿을 수 없는 일이 자신에게 벌어지고 있다는 것이지만.

"문제를 하나 낼까? 왜 이런 소란에도 아무도 접근을 하지 않는 걸까?"

가람의 물음에 그제야 밀교주는 주변 상황이 이상함을 눈치 챘다. 멀리 떨어진 것도 아니고, 이런 소란이 일어났으면 응당 무인들이 뛰쳐나와야 했다.

그런데 아무런 일이 없다니 있을 수 없었다.

"간단해. 처음부터 이곳 전체에 기막을 펼치고 있었으니까, 누구도 소리를 듣지 못했겠지."

"그, 그런……!"

"힘의 차이 정도는 한눈에 알아봤었어야지. 안 그래?"

가람의 물음에 밀교주는 이를 악물었다.

말이야 그렇다지만 처음에 본 가람의 모습은 자신의 제자인 다르파보다 더 어린 후기지수에 불과했다.

이런 실력을 갖추고 있을 것이라곤 생각도 할 수 없었다.

곰곰이 생각하면 이상한 점이 한둘이 아니었지만.

"이제 와서 그런 것을 생각한다고 한들 달라지는 것이 있는가? 있다면 얼마든지 해보지."

"없어. 이 쥐새끼가 죽었듯. 그쪽도 오늘이 죽을 날일 뿐이야."

그 말에 밀교주는 눈을 감았다.

깨달은 것이다.

그와의 힘을 격차를. 그리고 오늘 살아서 돌아갈 수 없다는 것도.

"처참하군."

❖ ❖ ❖

"이대로 돌아가도 되겠습니까?"

"괜찮아. 어차피 서장이나 황금성에 대해선 큰 욕심이 없었으니까."

"그것도 있습니다만, 유성상단은 좀 아깝지 않겠습니까? 조금만 작업을 하면 괜찮을 것 같습니다만?"

진우생의 물음에 가람은 피식 웃었다.

"제법 돈이야 되겠지만, 유성상단을 삼키면 우리도 문제가 많아져. 우리는 적절히 해 먹으면서, 저쪽 시장이 커지길 바라면 돼. 그게 더 장기적인 이익이 될 테니."

"음······."

진우생은 완전히 알아듣지 못한 듯 고민하지만, 더는 말을 걸진 않았다.

가람이 그렇게 결정을 내렸다면 그걸로 끝난 것이다.

사실 방금 질문도 그저 궁금해서 물어본 것일 뿐이었다. 좀 아쉽기도 했고.

가람의 입장에선 당연한 일이었다.

지금 천마신교에 자금이 크게 부족한 것도 아니고, 시간이 지날수록 든든한 자금이 굴러들어올 곳이 대막이었다.

굳이 제대로 신경도 못 써 줄 곳을 건드리느니, 지금 체제를 유지하는 편이 훨씬 나은 선택이다.

집중해야 할 곳은 집중하고, 쳐내야 할 곳은 쳐낸다.

그걸 확실하게 구분할 수 있어야, 이후 천마신교의 앞날이 화창할 터였다.

"그런데 밀교는 이대로 무너질까요?"

"이전보다 성세는 잃겠지만, 그 맥이 끊기진 않겠지."

"왜 그렇습니까?"

"천룡사는 곧 밀교고, 밀교는 곧 천룡사니까."

"예?"

한 번에 알아듣지 못한 진우생이 가람을 쳐다본다. 평소에는 머리가 잘 돌아가던 그이지만, 이번만큼은 제대로 이해할 수 없었다.

"당장은 고생하겠지만, 천룡사를 찾는 사람은 여전히 많을 거야. 거기서 나는 이윤과 재능이 출중한 아이를 미리 선점해서 키우면 언젠가는 큰 힘을 발휘하겠지. 밀교가 아닌 천룡사를 보고 찾는 이들의 숫자는 무시할 수 없으니까."

"아⋯⋯!"

이제야 이해하는 진우생.

천룡사를 찾는 수많은 이들이야말로 밀교가 가질 수 있는 진짜 힘이나 마찬가지다.

시간은 걸리겠지만 천룡사, 아니 밀교가 서장무림에서 사라지는 일은 없을 터였다.

"복귀하시면 폐관에 들어가실 겁니까?"

그 물음에 가람은 고개를 저었다.

진짜 천마신공을 손에 넣고, 그동안 수련에 집중했다. 이젠 더는 수련으로 해결할 수 있는 범위가 아니었다.

이유야 어쨌든 이번 일을 해결하면서 다시 한 번 느낄 수 있었고.

'강한 상대가 필요해. 강렬한 자극을 느낄 수 있을 정도

의 상대가.'

지금 가람에게 필요한 것은 상대였다.

목숨을 걸고 싸울 수 있는 실력 있는 상대 말이다.

아쉽게도 지금 천마신교 안에선 그런 상대를 찾을 수 없었다. 실력 차이도 나지만, 곧 천마의 자리에 오를 가람을 상대로 제대로 무기를 휘두르는 이는 없을 테니까.

"중원으로 가야 하나……."

"예?"

"아냐, 아무것도."

고개를 내저으며 가람의 발걸음은 동쪽을 향한다.

❖ ❖ ❖

사천.

사천은 전통적으로 중원 무림 중에서도 가장 치열한 지역으로 잘 알려져 있었다.

정파의 핵심 기둥이라는 구파일방.

구파일방이라 불리는 그 순간부터 단 한 번도 그 자리를 비운 적이 없는 아미파와 청성파가 자리를 잡고 있고, 같은 정파의 핵심으로 불리는 오대세가, 오대세가의 수위를 항상 다투는 당가가 사천에 있었다.

즉, 정파의 핵심이라 할 수 있는 아미, 청성, 당가가 사천이란 지역에 몰려 있는 것이다.

그뿐만이 아니었다.

사파의 초대형 문파들도 자리를 틀고 있었다.

중원 어떤 지역보다 치열한 싸움을 벌이고 있는 것이 사천이었고, 사천의 힘의 저울이 한쪽으로 기울어지는 순간 중원 무림의 판도가 달라진다는 소리가 있을 정도로 중요한 지역이 되어 버렸다.

당연하지만 사천의 대표를 놓고서 같은 정파끼리도 치열한 눈치 싸움이 벌어진다.

그리고 얼마 전부터 그 싸움은 눈치만 보는 것이 아니게 되어 버렸다.

구파일방과 오대세가로 나뉘어 첨예한 대립을 시작한 것이다.

세 문파가 기를 쓰기 시작하자, 다른 문파들도 덩달아 분위기가 달아오르기 시작했다.

대부분은 그런 상황을 반기고 있었다.

중원 무림은 오랜 시간 큰 싸움이 없었다. 그 말은 자신의 실력을 자랑할 곳이 없었다는 것이나 마찬가지.

사파의 입장에선 정파끼리 싸운다는데, 굳이 힘을 쓸 필요가 없었다. 적절히 부추기며 구경이나 하면 될 일.

모두가 반기는 가운데 그러지 못하는 문파가 하나, 정말 딱 하나가 있었다.

비월문(飛越門).

거창한 이름과 달리 이제 남은 것이라곤 작은 집 한 채와 늙은 사부, 그리고 실력 없는 제자 둘뿐이었다.

이 작은 문파가 무슨 걱정이나 하겠냐, 싶지만 문제는 과거 비월문은 사천을 넘어 중원 전역에서도 알아주는 문파였다.

그러다 보니 사천 무림의 균형을 생각하게 되었고, 그 과정에서 여러 가지 일을 벌이게 되었는데, 그 일환으로 사천 무림의 연판장을 만들고 거기에 서명을 한 것이었다.

여러 이유로 만들어진 연판장이 비월문에 보관되어 있었다.

서로의 평화를 위해 만들어졌던 것이니, 서로를 향해 칼을 겨누게 된다면 연판장을 찾게 될 것이다.

오래된 일이라곤 하지만 아직 연판장을 기억하는 이들은 많고, 정파는 좋은 싫든 명분에 죽고 살지 않는가.

연판장의 회수와 거기에 적힌 이름의 삭제는 좋은 명분이 되어 줄 것이었다.

어쩌면 연판장 자체를 없앨 수도 있는 일.

이런 연판장을 지키고, 필요할 때 이송하는 것이 비월문에 주어진 힘든 작업 중 하나였다.

즉, 어떤 싸움이건 결국 모두가 비월문을 찾게 될 것이란 이야기다.

그런 비월문에 전서구가 날아들었고.

밖으로 나온 중년인이 긴 한숨을 내쉰다.

"결국, 이렇게 되는구나······."

쓰게 웃는 그의 시선이 앓아누운 사부가 있는 방을 향한다.

"콜록, 콜록!"

점점 심해져 가는 기침.

기억도 없는 어린 시절부터 자신을 키워온 것이 사부였다. 그에게 있어 사부는 곧 아버지였고, 가족이었다.

그런 사부의 마지막이 다가오고 있었다.

중년인에겐 자식도, 제자도 없으니 비월문도 여기까지일 터다. 어차피 연판장의 일이 끝나면 비월문이 존재할 이유도 없지만.

그래서일까? 문득 생각나는 한 사람이 있었다.

"녀석······ 살아는 있을지. 아직도 그곳에 있을까?"

중년인의 시선이 동쪽을 향한다.

죽음의 위기가 하루에도 수십 번을 오갔던 그 지옥과도 같았던 전쟁터로 말이다.

東天魔劒

동천마검

18章. 올라서다.

東天魔劍
동천마검

18 章. 올라서다.

우우웅.

강렬한 마기가 사방을 휘감고 있지만, 조용하다. 마치 폭
풍전야의 움직임처럼 일정 반경 안에서만 움직일 뿐, 놈들
은 밖으로 흘러나가지 않았다.

그저 주어진 공간 안에서 더욱 강하게 압축될 뿐.

파직, 파지직!

파직!

한계에 가까울 정도로 압축된 기운이 더는 무리라는 듯
날뛰기 시작할 때쯤에야, 가람은 눈을 떴다.

가람을 중심으로 한 치 앞이 보이지 않을 정도로 검게 물들
어 버린 공간이지만, 의외로 가람 본인의 시야는 더할 나위

없을 정도로 맑았다.

잠시 주변을 둘러보던 가람이 순간 힘의 방향을 바꾼다.

쿠구구……!

구궁! 쿵!

단숨에 땅을 파고든 마기가 땅을 부수기 시작한다.

극심한 가뭄에 땅이 갈라지듯 쩍쩍 갈라진 땅들이 서서히 허공으로 떠오르고, 그 범위가 점차 넓어지더니 이전의 족히 누 배가 되고서야 멈춰선다.

우웅, 우웅!

허공에서 연신 울음을 토하는 마기들.

녀석들이 여전히 떠 있는 땅덩어리를 갈기갈기 찢어 놓고, 그걸 보고 있던 가람이 다시 힘을 주자.

화르륵!

퍼석!

허공의 모든 것들이 불타오르기 시작했다.

푸른빛으로 빛나는 불꽃은 그 모든 것을 재도 남기지 않을 정도로 깨끗하게 태웠다.

눈앞에서 사라져가는 그것들을 보던 가람이 쓰게 웃으며 자리에서 일어서고, 언제 그랬냐는 듯 마기들이 순식간에 모습을 감춘다.

아무것도 아닌 것 같지만, 가람이 보여 준 것은 신기에 가까웠다.

내공의 수발이 아무리 자연스럽다 한들, 이만한 기운을 단숨에 삼킨다는 것은 어지간한 실력으론 불가능한 일이니까.

짝짝짝!

그때 박수와 함께 천마가 모습을 드러낸다. 처음부터 모든 것을 지켜보았던 천마의 얼굴엔 웃음이 가득했다.

"대단하구나. 정말 대단해. 이게…… 진짜 천마신공의 일각이더냐?"

"그렇습니다. 그 끝을 알 수 없을 정도로 천마신공은 오묘하기 짝이 없는 무공이라, 이것조차 그저 작은 조각에 불과할 따름입니다."

"허허허, 이런 위력으로 작은 조각에 불과하다니."

웃으며 주변을 둘러보는 천마.

가람이 앉아 있던 자리를 제외하곤 족히 3장이 초토화되었다.

만약 처음부터 보지 않았다면 손 하나 까딱하지 않고서 만들어 낸 광경이라고는 믿지 못했을 것이다.

자신이 익힌 천마신공과 그 차원이 다른 모습을 보며 천마는 자신의 시대가 저물었음을 다시 느낄 수 있었다.

"조만간 네게 이 자리를 물려주어야 하겠구나."

"예?"

깜짝 놀라는 가람에게 천마는 빙긋 웃어 보였다.

"그동안 네가 준비되지 않아서 이야기하지 않고 있었다만, 이젠 준비가 된 듯하니 자리를 넘기는 것이 좋겠지. 새로운 술은 새로운 부대에 담아야 하는 법이고, 본 교는 많은 변화를 시도하는 중이다. 오히려 늦었다고 봐야지."

이미 오래전에 마음을 먹었던 천마였다.

그저 가람이 좀 더 성장할 수 있도록, 마음의 준비를 할 수 있도록 기다리고 있었을 뿐.

그랬던 것도 이젠 능숙하게 수하들을 이끌기도 하고, 그 실력은 자신을 월등히 상회할 정도가 되었으니 천마의 자리를 물려줄 때가 되었다고 판단했다.

"아직…… 아직, 멀었다고 생각합니다."

"아니, 이 일은 빠르면 빠를수록 좋겠지. 네가 생각하는 대로 본 교를 움직여 보아라. 그리고 본 교의 모든 생명이 네 어깨 위에 있음을 잊지 말도록 하고."

가람이 뭐라 입을 열기도 전에 천마는 웃으며 자리를 떠버렸다.

잡을 수도 있었지만, 가람은 결국 아무런 말도 하지 않았다. 사실 가람 역시 이젠 때가 되었다고 생각했기 때문이었다.

자신이 준비되었기 때문이 아니었다.

당대 천마 도선광은 오랜 시간 천마의 자리에 앉아, 천마 신교를 이끌어온 자였다.

그리고 짧은 시간 너무나 많은 일을 겪었다.

실력만 따지면 가람을 제외하고서 신교 최강의 무인이 그였다. 다만 실력을 떠나, 그는 늙었다.

조용한 삶을 원할 때가 된 것이다.

외조부인 백성환과 유난히 자주 어울린다는 이야기를 들었을 때, 가람은 이미 짐작했던 일이었다.

"후. 결국, 이런 날이 오는 건가."

입이 쓰지만, 동시에 기대되기도 했다.

천마신교는 변화하고 있었다. 그리고 그 변화의 중심에 자신이 있었다.

자신이 만들어 가는 천마신교가 얼마나 달라질 것인지, 벌써 가슴이 두근거리기 시작한다.

❖ ❖ ❖

당가(唐家).

성씨를 구분하며 당가라 칭하는 곳은 중원에서도 적지 않지만, 무림에서 사천이란 글자 두 개를 앞에 붙인다면 그 의미는 확연히 달라진다.

사천당가.

무림 최강의 다섯 가문이라 불리는 오대세가의 일원임과 동시 무림에서 손에 꼽히는 강자들.

오직 직계에게만 진짜를 전수하는 그 폐쇄적인 정책은 무림에서도 아주 유명했다. 보통 세가와 같은 무림가문들이 직계와 방계를 철저히 구분하는 것을 생각한다면 뭐가 다르냐고 하겠지만, 당가는 달랐다.

직계가 아니라면 애초에 당가의 중요한 직위를 얻을 수도 없으며, 당주가 된다는 것은 꿈도 꿀 수 없었다.

하지만 그 폐쇄적인 모습에서 당가가 얻었던 것은 피를 이어 내려온 강함이었다.

당가의 무인은 무섭다.

무림에서 경시하는 암기와 독(毒)을 예술의 경지까지 끌어올린 문파로 보통 사천에서 잘 움직이지 않지만, 당가가 움직일 때마다 무림은 크게 흔들렸다.

은원이 그 어떤 문파보다 확실한 것이 그들.

그렇다 보니 누구도 당가와 척을 지려 하지 않았다. 불가피한 일이 아니라면, 처음부터 당가와의 마찰을 피하려는 문파도 적지 않다.

그건 아미파와 청성파라고 해서 크게 다를 것은 없었다.

당가의 경우 자신들의 영역에서 잘 나오지 않으니, 그동안 크게 충돌할 것도 없었고.

같은 사천이지만, 서로의 영역을 존중하고 지켜줘도 충분한 이익을 누릴 수 있는 곳이 이곳이었다.

그랬던 것이 어긋나기 시작한 것은 몇 년 전부터였다.

오랜 시간 평화가 이어지고, 각 문파의 전력은 팽창하기만 하고 어딘가에 소모할 곳이 없었다.

늘어가는 살림 속에 결국 각 문파의 영역이 겹치기 시작했고, 다툼은 나날이 늘어나기만 했다.

그리고 마침내 세 문파끼리 싸울 때가 된 것이다.

당가의 가장 깊은 심처에 당가의 주요 인사들이 한자리에 모였다.

모두가 입을 다문 채, 비워진 상석의 주인이 나오길 기다리고 있었다.

"내가 늦었군, 그래."

웃음과 함께 안으로 들어서는 노인.

나이가 꽤 있어 보임에도 불구하고 정정해 보이는 얼굴을 한 노인의 등장에 일제히 자리에서 일어난 사람들이 고개를 숙인다.

"가주님을 뵙습니다!"

"그래, 인사는 적당히 하고 앉자고."

처척, 척.

그의 말이 끝나기 무섭게 자리에 앉는다.

딱딱하게 굳은 분위기와 사람들을 보며 당가주 암왕 당석은 살포시 웃는다.

"매번 말하는 거지만, 그렇게 얼어 있을 필요는 없어. 내가 진즉 물러섰으면 자네들도 좋았겠지만, 어쩌겠나? 본가의 후계가 아직 정해지지 않았는데."

"아, 아닙니다."

"어찌 가주님께 편하게 굴 수 있겠습니까."

"맞습니다. 가주께서 저희를 아무리 잘 보아주셔도, 저희
가 어찌……."

쏟아지는 아부의 말.

하지만 그 속에 숨은 공포를 모를 사람들이 아니었다.

암왕으로 불리며 중원에서 손에 꼽히는 고수가 바로 당
석이다. 그 말은 곧 당가 내에서도 최고의 고수가 그라는
소리.

그가 당가주의 자리에 오른 지 40년이 흘렀고, 그동안 홀
로 가문을 이끌었다. 무공 실력이면 실력, 가문을 이끌어가
는 정치면 정치 그 어느 것 하나 흠잡을 데 없었던 그는 일
을 못 하는 이들에게 가차 없이 대했고, 장기 집권 아래 가
문에서 그의 판단을 무시하는 이는 아무도 없었다.

그런 그가 유일하게 뜻대로 할 수 없는 것이 있었으니,
바로 여자 문제였다.

여자를 싫어하는 것은 아닌데, 앞에만 서면 굳어 버린다.

그러다 보니 제대로 된 연애도 해보지 못했고, 지금까지
홀로 살아온 것이다.

중간중간 아이가 생길 뻔도 했지만, 인연이 아니었던 탓
인지 지금까지 그는 후계가 없었다.

결국, 그의 뒤를 잇게 될 것은 당가 직계의 아이 중에서 가장 뛰어난 아이가 될 것이었다.

그리고 그 선별은 아직도 진행 중이었다.

"자자, 이런 이야기나 하자고 모인 것은 아니니 그만하고. 연판장은 어떻게 됐지?"

"비월문에 소식을 보냈습니다. 곧 자리가 만들어질 것이고, 그곳에서 공식적으로 연판장을 부수게 될 겁니다."

"아미와 청성은?"

"동의했습니다. 그날 함께 보기로 했습니다."

수하의 보고에 암왕은 고개를 끄덕였다.

연판장은 사천 무림 문파들끼리 함께 만든 것. 그러니 부수기 위해선 공신력 있는 문파들이 나서는 것이 나았다.

사실 아무것도 아니라면 아닌 것에 불과한 것이 연판장이다. 그런데도 당가를 비롯해 아미와 청성까지 이렇게 나서는 이유는 간단했다.

움직일 명분을 찾기 위해서였다.

그리고 자신들의 발목을 붙드는 족쇄를 이번 기회에 확실히 없애기 위함도 있었다.

기회가 왔을 때, 정리하는 것이 훗날을 위해서라도 더 좋지 않겠는가?

"장소는?"

"옆 도시인 쌍류에서 보기로 했습니다."

"나쁘지 않군."

쌍류는 세 문파의 가운데쯤에 있는 도시로 서로의 불만이 나오지 않을 수준의 적절한 위치였다.

"비월문은 어떻지?"

"그날 나오겠답니다. 연판장이 사라짐과 동시 비월문 역시 역사 속으로 사라지게 될 것이 확실해 보입니다. 죽어가는 문주와 늙은 제자 하나만 있으니, 이젠 명맥을 이을 수 없겠지요."

"그렇군. 그날 대동할 사람은 누구냐?"

암왕의 질문은 계속해서 이어진다.

그 대부분은 연판장과 관련된 이야기였다. 회의 역시 그를 위해 준비가 된 것이나 마찬가지이기에 사람들의 입은 술술 열렸다.

회의가 끝나고 만족스러운 얼굴로 그가 자리에서 일어난다.

"좋아, 이걸로 오늘 회의는 끝내지. 철저하게 준비해야 할 것이야. 이번 기회에 사천 최고의 문파는 여전히 당가라는 것을 놈들에게 각인시켜 주는 것도 나쁘지 않겠어."

"존명!"

당가가 움직일 준비를 하기 시작했다.

준비는 당가뿐만이 아니었다.

도가 계열의 작은 문파로 시작하여, 이젠 무림의 거대한 세력으로 남게 된 청성파도 만만의 준비를 시작했다.

여승으로 이루어진 아미파 역시 그건 마찬가지.

단순히 함께 모여 연판장을 부수는 간단한 일일 뿐이지만, 그 속내를 들여다보면 철저히 준비해야 했다.

서로가 영역 다툼을 본격적으로 하기 전에, 서로의 힘을 탐색해볼 좋은 기회였으니까.

초반부터 기를 죽여야 뒤를 생각하기 쉬운 것이다.

그렇게 당가, 청성, 아미가 서로만을 견제하고 있을 때, 연판장과 관련해서 나서는 또 다른 문파 하나가 있었으니.

"크하하하! 이번 기회에 저 정파 놈들의 기를 확실하게 눌러 준다!"

큰 웃음으로 회의장을 압도해 가는 중년 사내.

근육이 가득한 몸이지만 곳곳에 상처를 입은 그는 그것이 훈장이라도 되는 듯 드러내 놓고 있었다.

사천에 자리를 잡은 사파쪽 문파 중에 가장 크고, 오래된 역사를 지닌 곳.

사혈문주 쌍비혈검 강세웅.

무림에서도 한 실력 한다는 그가 연판장으로 인해 세 문파가 모인다는 소리를 듣고서 움직일 준비를 하고 있었다.

그리고 당연하지만, 명분도 있었다.

그 연판장에 이름을 쓴 문파엔 사혈문 역시 있었으니까.

작은 문제가 있다면 그 연판장은 오직 정파끼리 모여서 만든 것이다. 그곳에 사파인 사혈문의 이름이 있을 리 없지만, 놀랍게도 존재하고 있었다.

이유는 간단했다.

과거 사혈문이 정파에 속했던 시절이 있었기 때문이다.

즉, 본래 정파였던 것이 어느 순간부터 사파로 돌아서게 된 것이다. 보통 이러면 문파의 성장이 한계가 있음인데, 사혈문은 엄청나게 커져 버린 셈이다.

이젠 사천에서 가장 크고 힘이 있는 문파가 되었으니.

❖ ❖ ❖

쌍류의 외곽에 자리한 최고급 객잔 홍화.

무려 5층 전각은 약간의 언덕과 결합하여 쌍류의 풍경을 한눈에 담을 수 있도록 만들어진 곳으로, 간단한 요깃거리 하나도 일반 객잔의 3배에 달하는 가격을 자랑하며 어지간한 주머니로는 엄두도 못 낼 만큼의 최고급 객잔이었다.

그런 홍화 객잔이 전세 되어 사람들의 접근을 완벽하게 막았다.

"크하하하! 이거 자리가 불편한 모양이외다!"

크게 웃으며 자리에서 비켜날 생각을 하지 않는 사내, 쌍비혈검 강세웅.

그런 모습을 보며 당가주 암왕 당석과 청성파의 장문인 청비검 문지석, 마지막으로 아미파의 장문인 항마수 혜경 대사의 얼굴엔 짜증과 귀찮음이 가득했다.

"······그대가 여길 왜 온 것이지?"

"내가 못 올 곳이라도 왔소?"

"헛소리는 집어치워라. 당장 대갈통을 박살 내 버리고 싶어지니까."

"그러시던가. 할 수 있다면."

피식 웃으며 도발하는 놈을 보며 암왕의 두 눈이 차갑게 식는다. 하지만 결국 먼저 손을 쓰지는 않았다.

강세웅 역시 그가 손을 쓰지 않을 것이란 사실을 잘 알기에 도발을 하고서도 웃고 있을 수 있었다.

오늘의 자리는 연판장을 없애기 위한 중요한 자리.

아무리 기분 나빠도 자신을 어떻게 함으로써 자리를 흉흉하게 만들 순 없었다.

"밖에 있는 저 애송이들을 믿고 까불다간 더는 사혈문이란 이름이 사천에 존재하지 않도록 만들어 주마."

"캬하하하! 그거 겁나네."

크게 웃었다가 굳은 얼굴로 암왕의 얼굴을 똑바로 바라보는 그.

비록 실력은 암왕보다 아래지만, 그 역시 무림에서 손에 꼽히는 고수 중의 하나였다. 게다가 사파에 고수가 적다 뿐

127

이지 그 숫자는 정파를 압도하고도 남았다.

당장 사혈문만 하더라도 당문이 보유한 모든 인원보다 두 배 이상의 사람을 포용하고 있지 않은가.

두 사람의 기 싸움이 끝을 모르고 이어지자 긴 한숨과 함께 아미의 항마수 혜령대사가 나섰다.

"거기까지 하시지요. 오늘 이 자리에 대해서 어떻게 안 것인지는 알 수 없으나, 이유가 있어 찾아왔을 것입니다. 무슨 연유로 왔습니까?"

나지막하지만 직설적인 그녀의 말에 강세웅은 암왕에서 눈을 떼, 그녀를 바라보며 말했다.

"당연히 참관하러 왔지. 연판장을 부수는 것 말이야."

"……그대가 왜?"

눈살을 찌푸리며 입을 다물고 있던 청성의 청비검 문지석이 차가운 목소리로 묻자, 그는 다시 웃었다.

"크흐흐. 그거 당연한 거 아닌가? 연판장에 이름이 쓰인 문파의 주인으로서 연판장의 마지막은 봐야 하지 않겠어?"

"그곳에 사파의 이름은…… 음!"

뒤늦게 생각난 것인지 입을 다무는 청비검.

그건 그뿐만 아니라 다른 사람 역시 마찬가지였다. 적어도 사혈문의 계보가 어떻게 이어진 것인지 모르는 사람은 이 자리에 없었다.

그저 연판장에 사혈문의 이름이 있다는 것을 몰랐을 뿐.

동시에 이로써 그를 쫓아낼 방법이 없다는 것도 말이다. 연판장에 이름이 쓰인 문파의 주인이 그 마지막을 본다는 것은 당연한 권리니까.

다만 연판장의 가장 위에 쓰인 당가, 청성, 아미의 이름이 너무 크기 때문에 누구도 찾지 않았을 뿐.

"클클클, 마지막까지 잘 지내보자고."

강세웅의 말에 세 사람의 얼굴이 일제히 일그러진다.

마치 기다렸다는 듯 연판장을 꺼내기 무섭게 사부가 죽었다. 이때만을 기다렸다는 듯 말이다.

"죄송합니다, 사부님. 그리고 감사했습니다."

자신이 할 수 있는 최선을 다해 마지막으로 염을 치르고 나서야 그는 길을 떠날 수 있었다.

연판장은 청석이라는 돌이었는데, 귀한 돌은 아니지만 시원하고 단단한 특색을 가진 돌이었다.

그리고 그곳에 빼곡히 쓰인 문파의 이름들.

가장 위에 쓰인 당가, 아미, 청성. 그리고 비월문.

그때만 하더라도 비월문의 위세는 누구도 무시하지 못할 정도였다. 지금에 이르러선 그 이름조차 가물가물할 정도지만 말이다.

"후, 힘들군."

비월문에 전해져 내려오는 무공을 익혔다지만, 그 진체

는 사라져 버려서 다 익힌다 하더라도 겨우 이류 수준에 불과했다.

재수 없으면 산적에게도 털릴 수 있는 수준이었다.

그러다 보니 최대한 안전한 곳으로 돌아가게 되었고, 쌍류에 도착했을 때쯤엔 거지꼴이나 마찬가지였다.

"멈춰라! 이곳은 출입금지다!"

홍화객잔에 도착했을 때 그의 앞을 막아서는 무인이 있었다. 당가의 표식을 당당히 가슴에 새긴 무인.

그러고 보니 객잔 주변으로 네 문파의 무인들이 철저히 경계를 서고 있었는데, 다른 이들에게 보여 주려고 하는 것이 아닌 함께 경계를 서고 있는 서로에게 힘을 자랑하고 있었다.

그게 웃길 법도 하지만, 중년인은 아쉽게도 그걸 보고 확인할 눈이 아직 트이지 않은 상태.

"약속하고 왔습니다."

"물러가라. 오늘 이곳은……."

"비월문입니다. 연판장을 가지고 왔습니다."

그의 말에 앞을 막아섰던 무인이 잠시 움찔하더니 곧 그를 안으로 안내했다.

'오늘 드디어 비월문의 오랜 명맥이 끝나는 날이로구나.'

연판장이 부서짐과 동시 비월문의 명맥 역시 끝난다. 홀

가분하면서도 아쉬운 감정이 그를 감싼다.

"여유롭고 좋네."

"저는 살이 다 떨립니다만?"

가람의 말에 맞은편에 앉은 진우생이 굳은 얼굴로 말한다. 진우생 정도 되는 실력자가 왜 그런 말을 하나 싶겠지만, 상황이 그럴 수밖에 없었다.

지금 두 사람이 있는 곳은 천마신교가 아닌 사천이었으니까.

게다가 호위라곤 오직 자신만 붙은.

"걱정하는 일은 없을 테니 걱정 마. 조용히 둘러보면서 마음의 정리만 할 테니까."

"부디 그랬으면 좋겠습니다."

한숨과 함께 말을 하는 진우생을 보며 가람은 피식 웃으며 찻잔을 들었다.

평소 마시던 최고급의 차가 아닌 싸구려 엽차에 불과했지만 그렇게 나쁘지 않았다.

중원이라는 느낌 때문인지, 활기찬 도시의 사람들 때문인지 알 수 없지만 확실한 것은 답답한 마음이 사라졌다는 것이다.

호위라곤 진우생만을 대동하고 가람이 중원으로 나온 것은 복잡한 머리를 식히기 위해서였다.

천마는 가람에게 자리를 넘기기로 마음먹고 일을 진행 중이었다. 남은 것은 오직 하나.

가람이 마음을 먹는 것뿐.

천마가 자리를 넘기기로 한 이상, 사실상 자신만 마음을 먹으면 될 일이지만 그게 쉽지 않았다.

아직 자신이 모자라다고 생각했기 때문이다.

하지만 주어진 시간이 없다는 것도 알기 때문에, 머리를 식히기 위해 중원으로 나온 것이었다.

굳이 중원이 아니어도 괜찮았지만 겸사겸사해서 왔다.

중원 무림의 움직임이 심상치 않다는 보고도 있었으니, 그걸 자신의 눈으로 살필 겸도 해서 말이다.

그때였다.

"응?"

"왜 그러십니까?"

창밖을 보던 가람의 시선이 한 사람에게서 떨어지지 않았고, 그런 모습을 처음 본 진우생의 시선도 자연스럽게 한곳을 향한다.

거지꼴을 한 중년 사내가 바삐 한곳을 향해 걸어간다.

행색이 우습긴 하지만, 어디서나 쉽게 볼 수 있는 인상의 얼굴이지 않은가? 대체 무얼 보고 저러는 것인가 싶어 진우생은 다시 가람의 얼굴을 보았지만.

"헉!"

어느 사이에 가람의 모습이 사라진 상태였다.

"소, 소……!"

- 잠시만 기다려. 금방 돌아올 테니.

자신도 모르게 소리를 칠 뻔한 입을 막는 진우생. 그만큼 놀랐기 때문이기도 하지만 이어지는 가람의 전음이 아니었다면 막지도 못했을 테다.

"하아……!"

한숨과 함께 다 식어 버린 찻잔을 단숨에 마시는 진우생.

"여기 냉차 하나 더!"

"예입!"

점소이가 부리나케 달려오는 것을 보며 진우생은 속이 타는 것을 느꼈다.

'제발 사고만 치지 마십시오.'

진우생의 생각이 어떻든 간에 가람은 조용히 중년인의 뒤를 쫓았다.

설마 이런 곳에서 아는 얼굴을 만나게 될 것이라곤 생각지도 못했고, 저 사람이 진짜 자신이 아는 사람인지 확인해 봐야 했다.

'이런 곳에서 보게 될 줄은…… 탁 형님!'

가람이 형님이라 부르는 사내.

과거 전쟁터를 누빌 당시, 가람이 목숨을 맡겼던 몇 안 되는 사람 중의 하나인 탁재형이었다.

자신이 전쟁터를 떠나기 얼마 전에 그곳을 떠났었다.

지금 생각하면 대단하진 않지만, 무공을 익히고 있던 것이 틀림없었다. 그렇지 않고선 생각할 수 없는 움직임을 종종 보이곤 했었으니까.

덕분에 목숨을 구했던 적도 있었고 말이다.

'저곳은?'

조용히 발걸음을 멈춘 가람의 시선이 탁재형이 향하는 홍화객잔을 향한다.

"비월문에서 왔습니다."

수하의 보고에 모두의 시선이 중년인 탁재형을 향한다.

무림에서 쟁쟁한 고수들의 시선에 당황스러워하다가도 탁재형은 숨을 크게 들이쉬더니 곧 당당히 앞으로 나서며 고개 숙였다.

"비월문의 탁재형입니다. 연판장을 가지고 왔습니다."

품에서 연판장을 꺼내는 그.

푸른빛이 도는 연판장을 보던 암왕이 고개를 끄덕이며 그를 자리로 안내했다.

"이쪽에 앉으시오. 오느라 수고 많았소."

"암왕의 배려에 감사드립니다."

턱!

자리에 앉기 무섭게 탁재형은 연판장을 탁자 중앙에 올려 놓았다.

수많은 문파의 이름이 쓰인 연판장.

그 모습을 애증이 섞인 눈으로 보던 다섯 사람 중 가장 먼저 입을 연 것은 강세웅이었다.

"클클클. 연판장이 왔으니, 이제 남은 일은 하나지 않소? 자자, 얼마든지 부수시오. 나는 그걸 구경하기 위해 여길 왔으니."

"그 입 좀 닥쳐 주면 좋겠군."

"뭐, 그것도 나쁘지 않겠지."

끝까지 암왕과 기 싸움을 벌이는 강세웅.

그가 이곳에 억지로 앉아 있는 것은 연판장이 부서지는 모습을 보기 위함도 있지만, 사천 무림의 맹주라는 당가, 청성, 아미의 전력을 살피기 위함도 있었다.

동시에 사혈문의 힘이 결코 그들의 아래가 아님을 과시하려는 목적도 있었고.

지금까지는 아주 성공적이었다.

'저 연판장이 없어지는 순간 사천 무림의 족쇄는 사라진다. 정확히는 정파 놈들의 족쇄가 사라진다고 봐야 하겠지.'

정파가 움직인다는 것은 평소라면 사파 입장에선 환영할 수 없겠지만, 이번엔 달랐다.

정파와 사파 간의 싸움이 아닌 정파와 정파의 싸움이 될 확률이 아주 높은 것이다. 게다가 공교롭게도 세 문파는 겹치는 영역이 아주 많았다.

그걸 해결하려면 쉽지 않을 터다.

'조용히 엎드려 있다가 기회가 오면 움직이면 될 일이야. 기회만 잘 잡으면 본문은 이제까지와 비교할 수 없을 정도로 커질 수 있겠지.'

속으로 강세웅은 크게 웃었다.

일이 어떤 식으로 진행되든, 그는 조용히 있다가 최대한의 실리를 취하면 될 일이니까.

"서로 이야기가 끝난 마당에 길게 이야기를 할 필요는 없겠지?"

암왕의 말에 청비검와 항마수가 고개를 끄덕이며 동의했고, 마지막으로 탁재형이 동의했다.

어디까지나 연판장의 주인은 그이니까.

모두의 동의가 떨어지자 암왕은 연판장을 향해 손을 뻗었다.

"그럼…… 연판장을 없애지."

우웅!

짧은 떨림과 함께 내공의 힘으로 허공에 들어 올려진 연판장이 퍼석! 하는 소리와 함께 갈기갈기 부서진다.

"이로써 연판장의 효력은 종료한다."

암왕의 선언과 함께 모두가 자리에서 일어선다.

연판장이 부서진 이상 이곳에 있을 필요가 없어진 것이다.

"앞으로 선의의 경쟁을."

고개를 숙이며 먼저 항마수 혜경대사가 자리를 떠났고, 뒤를 이어 청비검 문지석이 짧은 말과 함께 떠났다.

"다음에 또."

마지막으로 남은 암왕이 강세웅을 바라보자 그는 웃으며 몸을 돌린다.

"크하하하! 좋은 구경 했으니, 오늘은 그냥 가지! 다음에 또 보자고, 영감!"

"다음엔 그 목을 씻고 오는 게 좋을 거다."

"크하하! 그것도 나쁘지 않겠지!"

끝까지 웃으며 떠나는 그의 모습에 고개를 흔든 암왕은 마지막으로 남은 탁재형에게 말했다.

"이제 어찌할 생각인가?"

"고향에서 농사나 지으며 살 생각입니다. 비월문은 이제 존재할 가치가 없어졌으니."

"그것도 나쁘지 않겠지."

고개를 끄덕이며 품에서 작은 주머니를 내려놓은 암왕이 돌아선다.

"작지만 내 성의네. 그동안 연판장을 보관하느라 수고했네."

137

탁재형이 뭐라 말을 하기도 전에 암왕이 모습을 감춘다.

"후우……!"

긴 한숨과 함께 그는 주머니를 품에 넣었다. 꼴사납긴 하지만 앞으로 이 돈이 큰 도움이 될 것이었다. 어떻게든 먹고는 살아야 할 테니까.

그렇게 객잔을 나가기 위해 발걸음을 옮기려는 순간이었다.

"오랜만이오, 탁 형님."

익숙한 목소리와 함께 한 사람이 그의 앞에 모습을 드러내고.

"넌……!"

탁재형의 얼굴에 환한 미소가 새겨진다.

"건강한 것 같아서 다행이구나."

"형님은…… 좋아 보이진 않네?"

"뭐, 그럴 일이 좀 있었거든."

쓰게 웃는 탁재형을 보며 가람은 굳이 깊이 묻지 않았다. 지금은 그런 것보다 다른 쪽이 더 궁금했기 때문이다.

"여기는 무슨 일로 온 거요? 형님 성격에 이런 비싼 곳을 찾을 리도 없고."

"일이 있어서 왔다. 여기서 널 보게 될 줄은 몰랐지만. 그보다 어떻게 들어온 거냐? 무림인들이 막았을 텐데?"

"방법이 다 있지."

"하긴, 넌 전쟁터에서도 희한할 정도로 신기한 물건들을 구해왔었으니."

그때가 기억이 난 것인지 웃으며 고개를 끄덕이는 탁재형을 보던 가람의 시선이 한곳을 향한다.

얼마 전까지 암왕들이 앉아 있던 곳으로 조각난 연판장의 흔적이 아직도 남아 있었다.

그런 가람의 시선을 읽은 탁재형이 입을 연다.

"연판장이다. 사천 무림의 정파들끼리 체결했던 것인데, 이번에 필요가 없어져서 공식적으로 부쉈다. 내가 몸담은 문파에서 보관하고 있었는데…… 이젠 그 역할을 다하게 된 거지."

"흐음. 그럼 탁 형님은 이제 뭘 할 겁니까? 이번을 마지막으로 문파도 문을 닫은 것 같은데?"

"여전히 눈치만 빨라선."

피식 웃으며 시선을 돌리는 그.

"농사나 지을 생각이다. 무림인이라고 하기엔 실력도 부족하고, 손에 더는 피를 묻힐 생각도 없으니까."

"하긴 그것도 그렇죠."

쓰게 웃는 가람.

그와는 달리 이제 자신은 전쟁터에서 묻혔던 피만큼이나 더 많은 피를 손에 묻혀야 할지도 몰랐다.

"그런데 너 어떻게 여기까지 왔냐? 전쟁터에서 나온 것만 하더라도 신기한 일인데, 중원까지?"

"그럴 만한 일이 좀 있었습니다. 전쟁에 지원했던 목적도 이젠 끝났고."

"하긴 네가 어련히 잘 했겠지."

드르륵.

자리에서 일어서는 탁재형.

오랜만에 본 동생이 반갑기는 하지만, 이젠 자리를 벗어나야 할 때였다.

앞으로의 계획도 생각해 봐야 하고, 사부의 49제도 아직 끝나질 않았으니 서둘러 길을 떠날 생각이다.

"기회가 되면 다음에 다시 보자. 저쪽 남쪽에 보문이라는 마을이 있는데, 거기에 비월문이라는 문파가 있어. 내가 거기서 머물고 있거든? 뭐, 곧 현판을 내릴 거지만 어쨌든 모르는 사람이 없으니까."

"알겠습니다."

적당한 인사를 하고 서둘러 사라지는 탁재형의 뒷모습을 보고 있던 가람이 입을 열었다.

"슬슬 나오지?"

"이런, 알고 있었나?"

스르륵.

깜짝 놀랐다는 말투와 함께 모습을 드러낸 것은 놀랍게도 암왕이었다.

그가 한쪽 구석에서 모습을 드러낸 것이다.

"클클, 할 말이 있어서 찾아왔다가 이런 모습을 보게 될 줄은 몰랐단 말이지."

익숙하다는 듯 의자에 앉는 암왕을 보며 가람 역시 마주 앉았다.

원형의 탁자를 사이에 두고 서로의 눈빛을 교환하는 둘.

"자네는 누군가? 내가 이런 걸 별로 궁금해하는 사람은 아닌데, 자네는 정말 궁금하군."

"당신이 알 필요가 있을까?"

가람의 도발적인 말에 암왕은 묘한 미소를 짓는다.

"그렇게 말한다면 굳이 알려 주지 않아도 되네. 뭐, 추측 되지 않는 것도 아니고. 마기를 다루는 문파 중에서 자네 같은 괴물을 낼 수 있는 곳은 오직 하나. 마교뿐이니까."

"마교라…… 천마신교라고 불러줬으면 좋겠군."

가람은 굳이 자신의 정체를 숨기지 않았다.

아니, 애초에 숨기고 있는 자신의 마기를 알아볼 정도라 면 숨긴다고 해서 숨겨질 것도 아니었다. 차라리 밝히는 것 이 더 나은 선택이었다.

그런 가람의 모습을 보며 여전히 묘한 미소를 짓는 암왕. 하지만 그 두 눈은 강하게 빛난다.

"굳이 부정하지 않는다는 것도 재미있군. 솔직히 말하면 이게 아니었다면 절대로 몰랐을 거야."

말과 함께 자신의 팔목을 걷어 보이는 그.

빛이 탁한 금빛 팔찌가 모습을 보였는데, 자세히 보니 끊임없이 진동하고 있었다.

마치 무언가를 알리는 것처럼.

"나도 정확한 이름은 모르네. 젊어서 우연히 손에 넣은 물건인데, 기가 막힐 정도로 정확하게 마기를 잡아내더군. 항마의 속성을 가진 물건이 아닐까 추측할 뿐이지. 이제까지 수많은 마인을 상대했지만, 자신의 마기를 완벽하게 숨기는 마인은 그리 많지 않았지. 그리고 대부분은 나이가 있는 쪽이었으니, 자네 같은 젊은 사람이라면…… 둘 중 하나지. 미치도록 젊은 얼굴을 지녔거나, 진짜 괴물이거나."

"그래서 뭐가 궁금하지?"

단도직입적인 가람의 물음에 암왕은 진지한 얼굴로 말했다.

"목적이 뭐지? 다른 곳도 아니고 천마신교의 무인이 이곳 사천까지 왔다는 것이 보통 일은 아닐 텐데?"

발견한 것은 우연이었지만 암왕은 이대로 가람을 보낼 수 없었다.

다른 곳도 아닌 천마신교였다.

마공을 익힌 마인들이 얼마나 큰 힘을 발휘하는지는 이미 전 무림이 알고 있는 것이나 마찬가지다.

그렇지 않아도 평화가 이어지며, 무림 내부의 문파끼리 치열한 경쟁이 벌어지는 상황. 심지어 같은 정파의 기둥인 구파일방과 오대세가끼리도 말이다.

당장 오늘 연판장을 없앤 것만 하더라도 그런 일의 연장 선이지 않던가.

하지만 여기에 천마신교가 끼어들면 이야기가 완전히 달라진다.

천마신교의 전력은 결코 무시할 수 없었다.

전 무림이 힘을 합쳐야 할 정도로 심각한 상황이 벌어지곤 했었는데, 지금처럼 사이가 나빠진 상태라면? 역대 최악의 상황이 벌어지게 될 수도 있었다.

그런 암왕의 걱정과 달리 가람은 가볍게 답했다.

"산책."

"뭐?"

"머리가 복잡해서 산책 나왔을 뿐, 특별한 목적이 있는 건 아냐. 최소한…… 지금은 말이지."

"지금은 말인가."

고개를 끄덕이는 가람.

그 모습을 보며 암왕은 긴 한숨을 내쉬었다.

눈앞의 사내의 실력이 확실하게 어떨지는 모르지만, 보통은 아닐 테다. 문제는 이런 자를 상대할 수 있는 후기지수가 없다는 것이었다.

그 말은 언제고 천마신교의 힘이 절정에 이르렀을 때, 중원 무림과 충돌이 벌어질 수도 있는 일.

'여기에서 처리하는 편이 더 나을까? 아니면…… 놔줘야 하나?'

머릿속이 복잡해진다.

미래를 생각한다면 이곳에서 죽이는 것이 훨씬 더 나은 선택이지만, 자칫 이 일이 도화선이 될 수도 있었다.

그렇다고 놔주자니, 과연 후기지수 중에서 놈을 상대할 인재가 있느냐는 것도 문제.

어느 쪽을 선택하든 결국 문제가 생길 수밖에 없는 일이기에 암왕의 머릿속은 더욱 복잡해졌다.

"더 할 말이 없다면 일어서도 되겠지?"

"후우……!"

가람의 말에 암왕은 눈을 감고 길게 숨을 내쉬었다.

그리고 자리에서 일어섰다.

"그래 결정했다."

"뭘?"

"널 이 자리에서 살려 보내지 않기로."

암왕의 신형이 제자리에서 빙글 돌기 시작한다.

콰르르릉!

콰직, 콰르르!

굉음과 함께 일어난 폭발은 삽시간에 홍화 객잔을 무너트린다. 단숨에 무너지는 객잔과 피어오르는 먼지를 뚫고 두 인영이 허공으로 솟아오른다.

"흡!"

피피핏!

기합과 함께 암왕이 두 손을 교차하며 크게 휘두르자, 단숨에 날아가는 단검들!

일반적인 단검보다 훨씬 더 얇고 긴, 그것들은 날카롭게 허공을 가로질러 가람을 향해 날아가지만.

"흥!"

코웃음과 함께 손을 흔드는 가람.

단숨에 자신의 앞으로 기의 장벽을 만들어 내자, 단검들이 장벽을 넘지 못하고 떨어져 내린다.

하지만 이건 시작에 불과했다.

파라라락!

새의 날갯짓 같은 옅은 소리가 들린다 싶더니 어느 사이에, 사방에서 헤아릴 수 없을 정도의 단검이 날아들고 있었다.

대체 이 많은 단검을 어디에 보관하고 있었던 것인지 신기할 지경이었지만, 가람은 어렵지 않게 다시 자신의 주변으로 기의 장벽을 만들어 내고.

그 짧은 틈을 암왕은 놓치지 않았다.

휘릭!

품에서 꺼낸 엄지만 한 호리병 하나를 빠르게 던진 것이다. 단숨에 날아간 호리병은 기의 장벽에 부딪히기 무섭게 깨지며, 그 속을 드러낸다.

치이익!

검붉은 연기가 단숨에 가람을 휘감고!

"본가의 삼혼독이다! 버텨 낼 수 없을……!"

"뭐가 어쨌다고, 영감?"

파아앗!

그의 말이 끝나기도 전에 앞으로 달려드는 가람을 보며, 암왕은 깜짝 놀랐지만 이내 정신을 차리곤 재빨리 뒤로 물러서며 거리를 벌린다.

하지만 이번엔 가람도 그냥 있지 않았다.

챙!

재빠르게 천마검을 뽑아 들고선 더욱 빠르게 가속하며 단숨에 암왕과 거리를 줄인 것이다.

보통 암기를 다루는 자들의 약점을 꼽으라면 그 첫 번째로 꼽는 것이 거리였다.

암기를 던지거나 다룰 시간을 필요한 만큼, 거리는 그들에게 생명이나 마찬가지였다. 반대로 이야기하면 그 거리를 없애는 순간 대부분 사람은 죽을 수밖에 없었다.

당연하지만 암왕에겐 전혀 해당이 없는 이야기였다.

"허허! 이렇게 가까이서 싸우는 것은 참으로 오랜만이로구나!"

카캉! 캉-!

단숨에 가람의 검을 쳐내며 자리를 굳건히 지키는 암왕.

어느새 그의 두 손에는 두 자루의 소검이 자리하고 있었다.

"내가 암왕으로 불리는 이유를 알려 주마!"

말이 끝나기 무섭게 반대로 달려드는 그.

암왕의 움직임은 빠르면서도 유연했고, 쉽게 종잡을 수 없었다.

채챙! 챙-!

카카칵!

두 자루의 소검을 자유롭게 다룰 뿐만 아니라, 생각지도 못했던 곳에서 암기가 날아든다.

검에 신경 쓰기도 바쁜데, 그의 온몸을 주시해야 하는 상황이다.

지금처럼 말이다.

핏!

정말 약한 소리와 함께 암왕의 허리춤에서 빠르게 날아드는 검은 침!

재빨리 몸을 돌려 독이 발라진 것이 분명한 침을 피해내기 무섭게, 두 자루의 소검이 기묘한 각도에서 허리와 발목을 노리고 날아든다.

"쯧!"

혀를 차며 재빨리 뒤로 물러서는 가람.

찰나의 순간으로 공격을 피해내자 자연스럽게 거리가 벌어졌고, 그걸 놓치지 않겠다는 듯 암왕의 신형이 다시 제자리에서 회전한다.

휘리릭!

쉐애액!

회전하는 몸에서 정확하게 발사된 암기가 가람의 신형을 노리고 날아든다.

아이 손가락 굵기의 아주 큰 침을 처음에는 받아치려고 했지만, 마지막 순간 가람은 재빨리 검을 거두며 몸을 날렸다.

그 순간.

콰쾅-!

침이 객잔의 잔해에 박히기 무섭게 폭발한다.

크기는 작지만 절대 우습게 볼 폭발이 아니었다. 방심하고 있었다면 최소한 팔 하나 정도는 날아갈 정도였다.

오싹.

서늘한 감각을 느끼는 사이 쉴 새 없이 암왕의 몸에서 암기가 뿜어져 나온다.

마치 오늘 자신의 모든 것을 보이겠다는 듯.

파바밧!

수십 개의 암기가 날아드는 가운데 그 모양마저 제각
각.

방금의 일도 있으니 가람으로선 쉽게 암기를 쳐낼 생각
을 하지 못하고 재빠르게 몸을 놀리며 피해냈다.

퍼퍼퍽!

뒤로 날아간 암기들이 벽에 부딪히지만, 폭발은 일어나
지 않는다.

마치 가람을 놀리기라도 하듯.

"쳇!"

짜증 나지만 어쩔 수 없는 일이었다.

아무리 자신이라 하더라도 그 짧은 순간에 모든 것을 파
악할 순 없는 일이니까.

하지만 분명한 것 하나가 있었다.

두근-!

두근, 두근!

심장이 강렬하게 뛰기 시작했다는 것.

암왕(暗王)이라 불리며 무림에서 손에 꼽히는 고수를 상
대하는 그 강렬함에 느릿하게 뛰던 심장이 강하게 뛰기 시
작했다.

지금 이 순간 가람은 느끼고 있었다.

'그래, 내가 원하던 건……!'

파앗!

날아드는 암기를 피하는 가람의 얼굴에 미소가 가득하다.

'바로 이거야!'

가람의 몸에 짙은 마기가 흐르기 시작했다.

암왕 당석은 당혹스러웠다.

무림에서 오랜 세월을 활동하며 자신의 앞을 막아섰던 자들은 수도 없이 많았다.

하지만 암왕이란 별호를 완전히 자신의 것으로 만든 뒤에는 거의 없었다. 당연한 일이었다.

죽고 싶지 않다면 자신의 앞을 막지 않을 테니까.

자신과 동등한 상대는 무림 전역을 뒤져도 손에 꼽을 정도로 적으니 오히려 무료할 정도였다.

만약 당가의 사정이 아니었다면 일찍 은퇴하고 유유자적한 삶을 즐겼을지도 몰랐다.

"하핫! 미치겠군!"

분명 당혹스러웠다.

월등히 어린놈이 자신의 앞을 막아섰을 뿐만 아니라, 자신의 힘을 제대로 발휘하게 할 정도로 강적이라는 사실이 당혹스러우면서도 즐거웠다.

상반된 감정이 몸을 휩쓸었지만, 당석은 개의치 않았다. 상황이야 어쨌든 우선은 눈앞의 적을 상대하는 것이 먼저였다.

철컥!

어렵지 않게 뒤꿈치를 가볍게 툭 치자, 그만 들을 수 있는 둔탁한 소리가 들리며 자세히 살피기 전에는 절대 몰랐을 신발 앞의 구멍을 통해 발 길이 정도 되는 장침이 가람을 향해 날아간다.

우모침(牛毛針)의 일종으로 오랜 시간 그가 공을 들여 만들어 낸 암기였다.

그 끝에는 스치는 것만으로도 죽음에 이를 수밖에 없는 절명독이 발라져 있었다.

피핑!

날카로운 소리와 함께 날아간 우모침은 가람의 빈틈을 완벽하게 노렸다.

암왕을 향해 검을 내지르는 순간의 텅 빈 옆구리를 향해 날아간 것이다.

"칫!"

짧게 혀를 차며 몸을 앞으로 내던지는 것과 함께 몸을 회전시키는 가람. 동시에 회수한 천마검을 재빨리 휘두른다.

챙!

검 끝에 우모침이 걸려 반대로 날아가는 그 짧은 순간.

암왕과의 거리는 다시 멀어져 있었다.

거리를 벌리면 쉬지도 않고 암기가 날아들고, 안으로 다가서도 암기가 날아든다. 심지어 그가 검을 놀리는 솜씨도 보통이 아니었다.

천마신교에선 찾아볼 수 없었던 상대.

우웅, 웅-.

"그래, 이 정도는……."

비록 공격에는 실패했지만 가람은 만족스럽게 웃었다.

온몸의 기운이 들끓어 오르며, 평소보다 많은 힘을 쓰고 있음에도 암왕을 제압하는 것은 아주 어려웠다.

즉, 앞으로 더 많은 힘을 사용해도 된다는 뜻.

신교 안에서야 자신의 힘을 제어해야 했지만, 이곳은 아니었다.

심지어 지금 가람의 머릿속에는 중원 무림을 굳이 자극할 필요가 없다는 생각조차 없었다. 눈앞의 상대에 모든 것을 집중하기 시작한 것이다.

이는 평소 냉정하던 가람에게 쉽게 찾아볼 수 없는 일이었다.

막대한 힘을 얻었지만, 그 힘을 온전히 쓸 수 없다는 허탈함과 아쉬움이 완전히 사라지면서 고삐가 풀린 것이다.

"영감! 어디 이것도 피하는가 보자고!"

우우우!

가람의 말이 끝나기 무섭게 그의 몸에서 솟구친 마기가 순식간에 주변을 휘감으며 천마검으로 막대한 기운이 쏠리기 시작한다.

찌르르르.

낮은 소리와 함께 천마검의 위로 검강이 생성되기 무섭게, 가람은 검을 휘둘렀다.

"천마파천검!"

콰직, 콰직!

쿠오오오-!

그건 한 마리의 용이었다.

검은 용이 순식간에 주변의 모든 것을 박살 내며 암왕을 향해 달려든다.

그 강렬한 기세와 파괴력을 보며 암왕은 피할 생각을 버렸다.

'이건 맞부딪친다!'

짧은 순간이지만 이걸 피하는 순간 말리게 된다는 것을 파악한 암왕 역시 있는 힘껏 내공을 끌어올렸다.

후웅!

펄럭펄럭!

암왕의 옷이 미친 듯 휘날리고!

"삼양신장!"

그의 두 손이 검붉게 물들기 무섭게 앞으로 쭉 내밀어졌고, 그의 손 모양을 본뜬 장력이 검은 용을 향해 날아간다.

당가의 절기라는 삼양신장은 단숨에 용을 제압할 것 같았지만, 검은 용 역시 쉽게 포기하지 않았다.

콰지직!

콰르르릉~!

그렇지 않아도 무너진 홍화객잔의 잔해들이 쉴 새 없이 분해되며 사방에 흩날린다.

두 사람의 싸움으로 인해 이미 주변은 초토화된 지 오래.

피해를 줄이기 위해 암왕이 데려온 당가 무인들이 필사적으로 주변으로 흩어지며 사람들이 모여드는 것을 막았다.

갑작스러운 소란에 길을 나섰던 아미와 청성의 무인들까지 관심을 가지고 돌아왔지만, 폭풍 같은 잔해가 먼지와 함께 솟구치며 안쪽의 모습을 완벽하게 가려 낸다.

쩌적! 쩡-!

두 사람이 연신 붙었다 떨어지며 서로를 향해 공격한다.

한번 잡은 공간을 포기하지 않겠다는 듯 들러붙는 가람과 자신의 공간을 만들려는 암왕의 싸움은 치열함 그 자체였다.

그리고 그 치열함 속에서 목숨이 오가고 있었다.

쩌어억!

가람의 검이 허공을 가르고, 뻗어 나간 강기가 땅을 가른다. 그 틈을 놓치지 않고 암왕의 손에 쥐어진 두 자루의 소검이 맹렬히 회전하며 심장을 노려 들지만, 가람은 어느 사이 몸을 비틀며 아래에서 위로 강하게 발을 차올린다.

평범한 발차기가 아니었다.

날카로운 강기를 품은 발차기는 단숨에 뻗어오는 암왕의 팔을 잘라 버리려 했으나, 암왕 역시 보통은 아니었다.

"핫!"

기합과 함께 짧고 빠르게 발을 뻗어 가람의 무릎을 노린 것이다.

이대로라면 가람의 팔이 제 궤도에 오르기 전에, 암왕의 발에 무릎이 박살 날 지경.

"칫!"

짧게 혀를 차며 재빨리 물러서는 가람.

몸의 균형도 균형이지만, 한 발로 큰 동작 없이 미끄러지듯 뒤로 물러서는 모습은 예술 그 자체였다.

거리가 벌어진 지금 이 순간.

'지금!'

이 순간을 암왕은 기다리고 있었다.

휘릭.

빠르게 검을 손바닥에서 돌려 역수로 쥔 그가 두 개의 검을 강하게 부딪친다.

그러자.

철컹!

손잡이 끝이 부러지며 검은 구멍이 드러나고.

펑!

둔탁한 소리와 함께 가람을 향해 날아드는 두 개의 검은 조각!

무엇인지 모르기에 쳐낼 엄두를 내지 않고 가람은 재빨리 허리를 뒤로 눕히며 피해 냈다.

정체도 알 수 없는 두 개의 조각이 빠르긴 하지만 가람의 위를 스쳐 지나가려는 그 순간.

피픽!

날카로운 소리와 함께 저것보다 더 빠른 속도로 날아든 침이 두 개의 조각을 때렸다.

콰앙!

쾅-!

굉음과 함께 폭발을 일으킨다.

파바밧!

재빠르게 뒤로 물러서는 암왕의 얼굴이 구겨져 있었다. 마지막 순간을 본 것이다.

"이거…… 장난 아니네."

강력한 폭발과 함께 뒤집어쓴 먼지를 툭툭 털며 자리에서 일어서는 가람. 폭발이 일어나기 직전 천마검을 휘둘러 자신의 앞으로 검막을 친 것이다.

인간의 반응 속도를 아득히 뛰어넘은 움직임이었지만, 가람은 태연했다.

적어도 겉모습은.

'죽을 뻔했군. 운이 좋았어.'

솔직히 말해 이런 공격을 할 것이라곤 가람도 미처 예상하지 못했다.

암왕이라 불리며 무림에서 누구보다 암기를 잘 다룬다는 것은 알지만, 이런 방식의 공격이 있을 것이라곤 예측하지 못했다.

아니, 들어보지도 못했으니 그가 새롭게 만들었거나 비장의 수법임이 분명했다.

"괴물 같은 놈."

나지막한 암왕의 말에 가람은 피식 웃었다.

"영감 말이 맞아. 괴물이 아니면 누가 이런 짓을 하겠어? 그것도 무림에서 손에 꼽힌다는 암왕을 상대로 말이야."

"후…… 그래, 그것도 그렇지."

잠시 숨을 돌리려는 듯 두 사람이 이야기를 이어간다. 지금까지 벌인 일만 하더라도 이젠 쉽게 덮을 수 없을 지경.

홍화 객잔이 무너졌고, 암왕이 날뛰었으며, 예민한 사람이라면 누구든 느낄 수 있을 터다.

마기가 진동한다는 것을.

상황이야 어찌 됐든, 결국 무림의 시선이 천마신교로 향하게 될 것이었다.

이게 어떤 방향으로 흘러갈 것인지 알 수는 없지만, 적어도 지금만큼은 생각하고 싶지 않았다.

어차피 벌어진 일을 가지고 후회하고 있기엔 너무나 아까웠다. 바로 지금 이 순간이 말이다.

그와 반대로 암왕은 식은땀을 한가득 흘리고 있었다.

'괴물. 진짜 괴물이로군. 허허! 대체 어디서 이런 놈이……!'

그 역시 복잡한 일은 뒤로 미루었다.

그런 일까지 신경 쓰면서 가람을 상대한다는 것은 지금으로선 그저 죽여 달라 목을 내미는 일과 다름이 없다는 것을 누구보다 잘 알고 있었다.

'아직도 전력이 아니야. 저 젊은 나이에 이런 수준이라니…… 마교 안에서도 보통 지위는 아니겠지. 그보다 마교의 수준이 벌써 여기까지 올라왔단 말인가? 그게 아니면 중원 무림이 너무 오랜 시간 평화에 물든 건가?'

"쯧!"

생각의 고리를 끊은 암왕은 길게 숨을 토해 내며 옷 안으로 가득 숨겨놓은 암기를 확인했다.

치열한 싸움을 벌이는 와중이라 제법 많은 양을 썼다.

대체 얼마 만에 이렇게 많은 암기를 써보는 것인지 알 수 없을 정도였다.

'6할 정도 남은 건가?'

만약을 대비해 암기를 챙기긴 했지만, 진짜 싸움을 대비한 준비는 아니었다.

굳이 따지자면 싸움을 위해 움직일 때 준비하는 암기가 10할이라 한다면 오늘은 6할 정도가 전부.

그나마도 4할을 쏟았으니 남은 것은 그리 많지도 않았다. 지금까지의 싸움을 생각한다면 더더욱.

고오오-.

여전히 파괴적인 마기를 뿜어내는 가람을 보며 암왕은 호흡을 조절했다.

도화선이니 뭐니 하는 것들은 이미 저편으로 지워 버린 지 오래.

상황이 이렇게 되었으니 어차피 길은 하나뿐이었다.

죽여서 후환을 없애는 것.

'지금 죽이지 못한다면 두고두고 중원 무림의 후환이 될 것이야. 지금의 중원 무림에 놈의 호적수가 될 아이는 없다.'

모든 후기지수를 직접 본 것은 아니지만, 암왕은 단언할 수 있었다.

시간이 흘러도 놈을 상대할 수 있는 같은 또래의 고수는 없을 것이라고 말이다.

물론 중원 무림의 저력을 믿지 못하는 것은 아니다.

어떤 상황에서라도 영웅은 탄생하였고, 중원 무림은 지켜져 왔으니까.

하지만 그게 뭐 그리 중요하겠는가?

중요한 건 지금 놈을 죽일 수 있는 절호의 기회라는 것이
었다.

"놈, 이제 전력을 다해보자. 늙어서 그런지 오래 싸우고
싶은 마음이 없으니 말이다."

"그거…… 나쁘지 않지."

가람은 암왕의 제의를 받아들였다.

그렇지 않아도 가람도 싸움을 길게 끌고 갈 생각이 없었
던 까닭이다.

어차피 벌어진 일이니 최선을 다하겠지만, 이곳은 중
원.

천마신교의 영역이 아니었다. 지금 당장만 하더라도 아
미와 청성의 무인들이 돌아와 서서히 포위망을 전개 중이
지 않은가.

지금이라면 쉽게 빠져나가겠지만, 암왕과 싸움 이후라면
당장 확신이 서지 않았다.

이후를 생각하면 결국 속전속결이 최선의 답인 상황에서
암왕이 제의를 해왔으니 받아들일 수밖에.

게다가 아까부터 말을 하진 않지만 진우생이 주변에서
모습을 감추고 있는 것이 느껴졌다.

만약의 경우를 대비한 것이리라.

"후우……!"

길게 숨을 토해 내며 가람은 마기를 끌어 올렸다.

우웅, 웅-.

검은 강기를 토해 내는 천마검이 울음을 토하고, 진득한 마기가 온몸을 휘감는다.

피부가 따끔거릴 정도로 강렬한 마기를 보며 암왕 역시 내공을 끌어 올렸다.

오랜 세월에 걸쳐 단련한 내공은 삽시간에 온몸으로 퍼지며 강한 힘을 부여했고, 몸 밖으로 흘러나간 기운은 마기와 대척한다.

암왕이란 이름을 거저 얻은 것이 아니라는 듯, 가람의 마기와 한 치의 밀림 없이 허공에서 격돌한다.

파직, 파지직!

두 사람의 강렬한 기운이 한계까지 압축되어 가자, 밖에서 모습을 지켜보고 있던 청비검과 항마수의 얼굴이 일그러져간다.

"마기……!"

"이런 사악한 기운이라니! 대체 어떻게 이곳까지?"

아까부터 가람의 마기를 접하며 기분이 좋지 않았던 그들이지만, 지금 가람이 내뿜는 기운은 상상을 뛰어넘는 것.

마교주가 온 것은 아닐까 싶을 정도로 강렬한 그 기운에 두 사람의 시선이 교차하고, 동시에 고개를 끄덕인다.

그리고 청성과 아미의 제자들이 지금까지보다 더 빠르게 움직이기 시작했다.

홍화객잔을 중심으로 완벽한 천라지망을 구축하려는 것이다.

어쩌다 암왕이 마인과 충돌한 것인지 알 순 없으나, 분명한 것은 여기서 놈을 잡아야 했다.

아니, 죽여야 했다.

좌라락!

피핑! 핑-!

암왕의 몸에서 튕기듯 흘러나온 암기들이 허공에서 정렬하고, 그것들은 준비가 끝나길 기다렸다는 듯 날카로운 소음과 함께 가람을 향해 날아든다.

가람 역시 가만히 있진 않았다.

후우웅!

몸 주변의 공기를 내공의 힘으로 끌어들이고, 두텁게 만들어 순간적으로 공기로 만든 방패를 형성한다.

퍼퍽! 퍽!

힘을 잃고 떨어지는 암기들.

문제는 침을 닮은 것이라면 괜찮지만, 모든 암기가 침의 형태를 취하고 있지 않다는 것이다.

퍼석!

뭔가가 깨지는 소리와 함께 단숨에 덮쳐오는 검은 연기를 재빠른 발놀림으로 옆으로 피해내기 무섭게, 다시금 가람을 향해 날아드는 암기들.

대체 그 끝이 어디에 있는 것인지조차 알 수 없을 정도로 암왕은 쉴 새 없이 암기를 쏟아 낸다.

그걸 또 버텨 내는 가람도 보통은 아니었지만.

'이대로면 밑천을 털리는 것은 내가 되겠구나!'

남은 암기의 숫자를 생각하며 얼굴을 찡그리는 암왕. 자존심이 상하는 상황이긴 했으나, 접근전으로는 도저히 상대가 되지 않았다.

암왕의 접근전 실력이 뛰어나긴 하지만 한계가 있었고, 그 정도론 가람에겐 통하지 않았다.

'내가 이렇게까지 약해졌단 말인가? 아니면, 놈이 터무니없이 강하단 말인가?

고민해 보지만 답은 정해져 있었다.

놈은 진정한 괴물이었다.

그리고 그 괴물이 중원을 향해 시선을 돌리는 순간, 엄청난 혈겁이 닥칠 것이란 사실은 불 보듯 뻔했다.

과연 누가 있어 놈을 막을 수 있단 말인가?

세간에서 무림 최고수로 인정하고 있는 무황(武皇)과 사황(邪皇)이라면 놈을 막을 수 있을까? 결론만 말하자면 아니라고 확신할 수 있었다.

'그 괴물 같은 늙은이들이라고 해서 숨겨둔 한 수가 없는 것은 아니겠지만, 시간은 놈의 편. 놈을 막을 수 있는 사람은…… 없다!

으득!

이를 악무는 암왕.

자신이 이곳에서 택할 방법은 이제 진짜로 하나밖에 없었
다. 무림의 안녕을 위해 어떻게 해서라도 놈을 죽이는 것.

우웅, 웅-!

마음을 먹기 무섭게 암왕은 더는 뒤를 생각하지 않고 내
공을 선력으로 끌어올렸다.

지금까지와 비교할 수 없는 기운이 순간적으로 몸에 돌
고.

"미안하지만 이곳에서 넌 죽어 줘야 하겠다."

"미친 영감 같으니. 그럼 지금까지 한 게 장난이었어?"

신랄한 가람의 말에도 암왕은 아무런 반응을 보이지 않
았다. 대신 내공으로 몸 주변을 강하게 훑었다.

그러자.

퍼퍽! 펑-!

옷을 찢으며 단숨에 모습을 드러내는 엄청난 양의 암기
들.

모습도, 이용방법도 제각각인 암기들이 일제히 모습을
드러내기 무섭게 그의 내공에 의해 허공에 둥실 떠오른다.

허공을 빼곡하게 채우는 암기를 보며 얼굴을 구기는 가
람.

'지랄 맞네, 진짜.'

무림에서 암기를 다루는 사람을 천시하는 경향이 있는데, 그러한 시선에서 유일하게 벗어난 사람들이 바로 당가였다.

당가의 수장인 암왕과의 싸움을 통해 가람은 무림에서 왜 그들을 인정할 수밖에 없었는지 뼈저리게 느낄 수 있었다.

인간의 빈틈을 노리고 날아드는 암기는 간담이 서늘해질 정도였고, 각기 다른 방식의 장치들은 가람조차 깜짝 놀라게 했다.

만약 실력이 조금만 떨어졌어도 쓰러진 것은 자신이 되었을 터다.

그만큼 암왕의 암기는 수준급 이상이었다.

다만.

'그게 전부일 뿐이지.'

분명 위험하기도 하고 간담을 서늘하게도 했지만, 그뿐이었다. 진짜 목숨이 위험하다고 생각되지 않았다.

암왕은 무림에서도 손에 꼽히는 강자.

거기에 어울리는 강함을 지니고 있지만, 어딘지 모르게 아쉬운 것은 사실이었다.

'내가 이런 생각을 할 정도로 강해진 건가?'

피식.

웃고 마는 가람.

신교 내부의 싸움을 마무리할 때만 해도 언제까지고 부족했던 것 같았다. 그런데 지금은 당당히 암왕과 겨루고 있었다.

아니, 질 것 같다는 생각이 조금도 들지 않았다.

심지어 자신은 아직 천마신공을 진정한 의미에서 완성시킨 것이 아니지 않은가.

처음엔 어려운 상대였지만 익숙해지고 나니, 서서히 반격의 틈이 보였다.

그리고 이제 그 반격을 하려고 준비하고 있을 때, 감이 좋은 것인지 어떤지 모르겠지만 암왕이 새로운 공격을 준비하고 있었다.

그가 펼칠 수 있는 최고의 절기가 펼쳐질 것이 뻔했다.

'당문 최고의 절기는……'

머릿속에 떠오르는 하나의 무공.

'만천화우인가?'

무림에서 손에 꼽히는 절기를 상대하게 되었지만, 오히려 심장이 뛴다.

마치 그 순간을 기다렸다는 듯 암왕이 움직였다.

"이것도 받아 봐라! 이것이……!"

파바밧!

하늘로 솟구치는 암기들.

"당가 최고의 비기 만천화우다!"

파라락.

암왕의 신형이 암기들을 쫓아 하늘 높이 솟아오른다. 그
리고 순식간에 그를 중심으로 원을 그리며 집결한 암기들
이 일제히 가람을 향해 쏟아져 내린다.

마치 비가 쏟아지는 것 같다.

촘촘하게 하늘을 점령한 암기들은 떨어져 내리는 속도도
서로 달랐다.

도저히 피할 수 없을 것 같은 암기의 비.

심지어 가장 먼저 밖으로 떨어져 내린 암기들은 어느 순
간 그 궤적을 바꾸어 가람을 향해 쇄도하고 있었다.

대체 어떻게 이런 식으로 암기를 조종할 수 있는지에 대
한 의문은 생기지도 않았다.

지금 중요한 것은 이 공격을 막아 내는 것이니까.

쿠오오오-!

단전이 꿈틀거리며 강렬한 울음과 함께 검은 용이 단숨
에 가람의 몸에서 솟아올랐다.

콰르르르.

가람의 몸을 감싸며 회전하기 시작하는 흑룡.

찌릿찌릿.

피부를 찌르는 강렬함이 온 사방으로 퍼져간다. 더는
힘을 제어할 필요성을 느끼지 못한 가람이 단숨에 내공을
풀어낸 것이다.

자신이 제어할 수 있는 최대한으로.

우웅, 웅-.

그의 몸 주변으로 강하게 요동치는 공기와 내공들.

스윽.

가람의 시선이 쏟아지는 암기를 뒤로하고 암왕에게 고정된 채, 용을 풀어 놓는다.

"천마등천공."

드드드드!

콰직, 콰지직-!

매섭게 흔들리는 땅과 그 여파를 이기지 못한 채 부서진 땅의 조각이 허공으로 떠오르기 시작한다.

그 범위는 점차 넓어져 암왕의 암기와 격돌한다.

콰콰콰-!

퍼펑! 쾅!

말로 설명할 수 없을 정도의 복잡한 굉음과 기의 싸움이 벌어지고.

그 와중에 가장 놀란 것은 역시 암왕이었다.

당가의 비기라 전해지는 만천화우가 아직 제대로 완성되지 않은 무공이라는 것은 누구보다 그가 잘 알고 있었다.

아니, 오직 그만이 알고 있었다.

하지만 그 완성되지 않은 만천화우를 피해 간 사람은 거의 없었다.

그리고 설마하니 이런 식으로 만천화우를 상대하는 자가 있을 것이라곤 생각지도 못했다.

'내공으로……!'

그는 잘 몰랐지만, 가람이 펼친 초식은 천마등천공으로 엄연히 제대로 된 무공이지만 겉으로 보기엔 막대한 내공을 바탕으로 강제로 주변을 장악한 것처럼 보였다.

그리고 거기서 암왕은 실수했다.

'내공으로 모든 걸 해결할 순 없다!'

가람이 내공으로, 힘으로 해결하려는 것으로 생각하고 자신도 더욱더 힘을 끌어올린 것이다.

뭔가 잘못됐다는 것을 눈치 챘을 때는 이미 늦어 있었다.

'천마등천공. 마음에 드는 초식 중 하나야.'

천마신공에 기록되어 있는 초식 중 하나인 천마등천공은 그 이름처럼 하늘로 무엇이든 띄워 버리는 무공이었다.

이것만 듣는다면 별것 아닌 것처럼 보인다.

천근추의 반대라고 생각하면 쉬운 일이니까.

게다가 막대한 내공을 지니고 있다면 범위의 차이는 있겠지만, 지금과 비슷한 일을 벌일 수도 있고 말이다.

하지만 반대로 평범한 초식이었다면 천마신공에 기록될 일도 없었을 터다.

우우우!

막대한 기운이 하늘로 솟구치며 쏟아지던 암기를 멈춰
세운다.

어떻게든 치고 내려가게 하려는 암왕의 의지가 고스란히
느껴졌지만, 거기까지였다.

'천마등천공은 시작에 불과하지.'

타탁, 틱.

틱, 화르륵!

그의 몸 주변에서 시작된 불길은 순식간에 주변으로 퍼
져 나가고. 주변의 모든 것을 태우기 시작한다.

흙, 돌, 나무…… 그 무엇이든 가리지 않는다.

"뭐, 뭐지?"

"이런 마기라니……!"

창백해진 청비검과 항마수의 얼굴.

허공으로 솟구친 암왕과 그 주변에 깔린 암기의 형태만
봐도 그가 만천화우를 펼쳤다는 사실은 알 수 있었다.

암왕의 만천화우가 펼쳐졌다는 것은 그만큼 상대가 보통
이 아니라는 뜻.

그렇지 않아도 각오는 하고 있었지만, 지금 느껴지는 마
기의 양은 각오가 문제가 아니었다.

덜덜덜-.

자신도 모르는 사이에 몸을 떨 정도였다.

깊은 심연에서부터 올라온 것 같은 공포가 온몸으로 느껴지는 그때.

화르륵-!

거대한 불길이 모든 것을 집어삼키기 시작했다.

홍화객잔의 잔해도, 먼지도, 암기도…… 암왕마저도.

그 모습을 보면서도 두 사람은 차마 명령을 내릴 수 없었고, 움직일 수 없었다.

그랬다간 죽을 것만 같았으니까.

으득!

"빌어먹을!"

짝, 짝!

먼저 정신을 차린 것은 청비검이었다.

이를 악물고 정신을 차린 그는 연신 자신의 뺨을 치며, 공포에 질린 몸을 풀기 위해 노력했다.

그에 항마수 역시 정신을 차리고 재빨리 내공을 일으킨다.

아미파의 무공은 불가에서 시작한 것이라 기본적으로 항마의 기운을 품고 있기에 내공을 일으키는 것만으로도 마기를 물리치기엔 충분했다.

문제는 이곳에서 느껴지는 마기가 그 차원을 달리하는 통에 평소처럼 두려움이 완전히 사라지지 않는다는 것이지만, 그것으로 충분했다.

"정신 차려라! 천라지망을 발동한다!"

"서두르세요!"

"명!"

두 사람의 명령에 멍하니 굳었던 청성과 아미의 제자들이 빠르게 움직이기 시작하고. 이미 발동 준비가 끝났던 천라지망이 서서히 움직이기 시작한다.

"과연…… 이걸로 막을 수 있을까요?"

항마수의 물음에 청비검은 굳은 얼굴로 고개를 저었다.

"어렵지만 할 수밖에요. 여기서 막지 못하면 저 최악의 마인이 중원에서 날뛰게 될 겁니다."

"……그렇네요. 목숨을 걸어야겠네요."

두 사람이 이를 악물며 마음의 준비를 끝내고 있을 때, 거대한 불길 속에서 가람은 암왕과 마주하고 있었다.

"허억, 헉!"

거칠게 숨을 토해 내는 암왕.

몸 곳곳에 큰 상처를 입은 그는 숨 쉬는 것조차 힘든 것인지 연신 숨을 헐떡인다.

시간이 지나며 호흡이 돌아오기 시작했다.

<u>스스스.</u>

이번엔 그의 검던 머리가 새하얗게 변하기 시작했다. 내공을 한계까지 끌어 쓴 대가였다.

아니, 정확하겐 마지막 순간 살기 위해 조금이지만 선천진기를 당겨쓴 것이 문제였을 것이다.

"목적은 마교천하더냐."

겨우 숨을 돌린 암왕의 물음.

편안하게 그 모습을 지켜보던 가람은 웃지 않을 수 없었다. 자신의 목숨을 걱정해야 하는 시기에 저런 질문이라니.

"아까도 말했지만. 천마신교라고 불러줬으면 좋겠군. 좋은 이름을 두고 마교가 뭐야, 마교가?"

"……그렇군. 그래서 목적이 뭐냐?"

"목적? 글쎄?"

진심으로 가람은 쉽게 대답할 수 없었지만, 듣고 있던 암왕의 입장에선 그게 아니었다.

마치 자신을 놀리는 것 같았으니까.

하지만 암왕은 거기에 대해 크게 따지지 않았다. 어차피 자신은 싸움에서 지지 않았나?

게다가 목숨이 경각에 달렸고.

"후…… 천하의 내가 이렇게 끝날 것이라곤 생각지도 못했는데."

"무림인이라면 누구든 죽음을 곁에 두고 살지."

"그래, 그렇지. 그 말을 언젠가부터 잊고 있었지."

"영감의 말처럼 그래. 언젠가는 우리도 중원으로 눈을 돌리게 되겠지. 그게 언제가 될지는 모르겠지만, 마도천하. 그걸 위해서 움직이는 것도 멋지지 않겠어?"

웃는 가람의 미소에 암왕은 고개를 저었다.

"쉽지 않을 것이다. 중원의 혼은, 정파의 혼은 쉽게 사그라지지 않으니."

"그런 실력으로 무슨 헛소리야? 암왕의 수준이 고작 이 정도라면…… 어렵지 않을 것 같은데?"

"으음……!"

굳어지는 암왕의 얼굴.

그 말처럼 과연 누가 있어 이자를 막을 수 있겠는가.

"말이 길어지는데, 마지막으로 궁금한 게 있다면 답해 주지."

"넌…… 누구냐."

긴 고민 끝에 내놓는 질문에 가람은 웃는 얼굴로 답했다.

"천마신교 소교주 백가람. 그리고 곧 교주의 자리에 오를 사람이지."

"그런가?"

눈을 감는 암왕.

그리고 가람의 천마검이 무심히 그의 목을 벤다.

"이젠 진짜로 교주의 자리에 올라야 하겠네."

머리를 식히러 나온 중원.

상황이야 어찌 되었건 결론을 내기는 했으니, 다행이라고 해야 할 것이다.

주변 상황이야 더욱 복잡해졌지만.

"돌아갈까?"

주변에서 느껴지는 기척이 보통이 아니었지만, 아무런 문제는 없었다.

저따위 천라지망으로 자신의 발을 묶는다는 것은 있을 수 없는 일이니까.

가람의 신형이 유유히 사라지고, 불의 장벽이 수그러든다.

東天魔劍

동천마검

19 章. 천마 백가람.

19 章. 천마 백가람.

암왕이 마인에게 죽었다!

소문은 엄청난 속도로 중원 전역으로 퍼져 나갔다. 당가가 어떻게 손을 써볼 틈도 없을 정도로 빠르게 퍼졌는데, 그만큼 싸움을 지켜본 눈이 많았기 때문이었다.

당가의 자랑이라는 암왕이 죽은 것도 문제지만, 이로 인해 당가의 전력이 불안정해졌고 후계 구도가 마무리되지 않았었기에 여러모로 당가가 흔들리기 시작했다.

가람이 의도했던 것은 아니지만, 사천무림의 축이라는 당가를 당분간 움직일 수 없게 만들어 버린 것이다.

하지만 반대로 그냥 뒀으면 자기들끼리 싸웠을 사천무림이 안정을 찾은 것은 아쉬운 일이었다.

179

암왕을 이길 정도로 강력한 마인의 등장.

심지어 천라지망을 펼쳤음에도 암왕을 죽이고 유유히 벗어난 그 실력에 청성과 아미가 서로를 견제하기보단 손을 잡고 대책을 세우기 시작했다.

무림의 평화는 끝났다.

누군가의 입에서 나온 말이 이제는 정설처럼 받아들여지며, 그동안 없었던 긴장감을 주기 시작했다.

하지만, 오랜 시간 이어진 평화는 그들을 빠르게 움직이지 못하게 만들었으며, 쉽게 눈을 뜨지 못하게 했다.

그렇게 중원이 혼란스러울 때, 천마신교는 새로운 준비를 하고 있었다.

"최대한 화려하게 하고 싶었지만, 네 성정을 생각해서 최소한으로만 준비했다."

"감사합니다."

천마의 말에 가람은 고개 숙였다가 한참 공사가 진행되고 있는 대연무장을 바라본다.

새로운 천마가 태어나는 곳이라곤 믿을 수 없을 정도로 소박하게 준비되고 있는 현장. 거대한 단상을 만들고, 그날 하루 음식과 술을 가득 푸는 것이 전부였다.

어쩌면 역대 가장 조용한 승계가 될지도 몰랐다.

"중원에서 재미있는 일을 저질렀다만, 나쁘진 않았다. 이 일로 중원 놈들이 경각심을 가지게 되겠지만…… 반대로 그 경각심 때문에 더 망가질 수도 있겠지."

"의도했던 것은 아닙니다만, 그리되겠지요."

"교 내부의 일이 완전히 마무리되고 전력을 복구하고 나면, 중원으로 나설 생각이냐?"

"언젠가는 움직이겠지만, 지금으로선 생각해 봐야 할 것 같습니다."

"후후, 뭐가 됐든 이제 네가 선택해야 할 길이다. 다만 네 선택에 모든 신교인들의 목숨이 걸려 있음을 잊지 말아야 할 것이다."

천마의 가르침에 가람은 정중히 고개 숙였다.

며칠 뒤 정식으로 승계를 치르고 나면 천마가 아닌 원로 도선광으로 남게 될 그는 백성환과 함께 조용한 생활을 할 예정이었다.

그리고 며칠 뒤.

대연무장을 빼곡하게 채운 신교의 무인들이 흥분 가득한 얼굴로 식의 진행을 기다린다.

이미 많은 것이 달라지기 시작한 신교였다.

그리고 그 시발점이 가람이라는 것은 지금에서야 모르는 사람이 없을 정도였고, 그가 교주의 자리에 올라 자신들을 어떻게 이끌어 갈 것인지에 대해서도 의견이 분분했다.

하지만 모두가 동의하는 것 하나가 있음이니.

역대 최강의 신교가 될 것이란 사실이었다.

그렇게 많은 이들의 기대 속에 마침내 승계식이 시작되었다. 그 시작은 북소리였다.

둥! 둥! 둥!

묵직하게 울려 퍼지는 북소리.

가슴을 때리는 북소리가 은은히 천마신교 전체로 퍼져 나가고, 얼마 지나지 않아 천마 도선광이 천천히 단상 위로 모습을 드러낸다.

"와아아아-!"

거대한 함성과 함께 천마를 찬양하는 목소리가 울리고, 그걸 듣고 있던 천마가 손을 들자 일제히 목소리가 줄어든다.

"길게 말할 것도 없겠지."

그의 목소리가 사방에 울린다.

묵직한 내공의 힘으로 들리지 않는 사람이 없도록 조절한 천마의 눈에는 아쉬움이 가득했지만, 미련은 없었다.

자신의 능력으로 더 높을 곳을 바라봤으면 했지만, 그러지 못했기에 아쉬웠다. 아니, 어쩌면 곪을 대로 곪았던 것이 차라리 자신의 손에서 터졌던 것을 다행으로 여겨야 할지도 몰랐다.

새로운 천마신교에 걸림돌이 없어진 셈이니까.

"오늘! 나는 이 자리에서 물러난다. 아쉬운 것도 많고, 즐거웠던 것도 많았지만 그 모든 것을 이젠 뒤로하겠다. 이젠 새로운 천마의 지휘 아래 본 교는 새롭게 도약할 것이다. 모두, 새로운 천마의 뜻대로 열심히 뛰어 주길 바란다. 그럼 이쯤에서 새로운 천마를 소개하지."

애초에 길게 말할 생각이 없었기에 그는 짧게 말하며 뒤로 돌아섰고, 동시 가람이 앞으로 나섰다.

"새로운 천마다."

"앞으로 그대들을 이끌 백가람이다."

"우와아아-!"

쩌렁쩌렁!

가람의 등장과 함께 이전과 비교할 수 없는 함성이 쏟아졌고, 그에 만족스러운 미소를 지으며 도선광이 자리에서 물러섰다.

그에 가람은 가볍게 고개 숙여 인사하곤 전면에 나섰다.

"내가 천마의 자리에 있는 한, 본 교는 새로운 역사를 향해 달려가게 될 것이다. 강자존! 철저하게 자신의 실력으로 모든 것을 인정받는 진정한 시대를 열 것이다. 부와 명예를 손에 넣고 싶다면 강해져라. 자신의 강함이 곧 부와 명예의 척도가 될 것이다! 그리고 그 힘으로 나를 도와라. 나는 그 힘으로……."

말을 끊자 모두의 시선이 가람에게 모인다.

엄청난 눈이 자신에게 집중되었지만 가람은 떨리지 않았다. 오히려 가볍게 흥분했다.

"마도천하를 이룰 것이다."

"와아아아!"

거대한 함성이 천마신교를 뒤흔든다.

❖ ❖ ❖

"천마검위대를 새로 구성해야 합니다. 기존의 대원 중에 은퇴를 요청하는 자들이 있어, 결원이 생겼습니다. 어차피 교주님께 충성을 다하는 자들로 구성할 필요도 있었지만요."

진우생의 말에 가람은 잠시 고민하다 고개를 저었다.

"새롭게 구성할 필요는 없어. 천마검위대는 본 교 최강의 정예로만 구성된 곳. 굳이 건드릴 필요는 없지. 앞으로도 본 교 최강의 고수만이 천마검위대에 들어올 수 있는 자격을 얻을 수 있을 테니까."

"그러면 빈자리는 어찌하시겠습니까?"

"얼마나 비지?"

"천마검위대는 대주를 비롯해 정확히 101명으로 구성되어 있습니다. 현재 빈자리는 열다섯입니다."

"생각보다 많군."

"제가 대주로 있을 때도 함께했던 이들도 있습니다. 그 점을 고려한다면 오히려 너무 오랫동안 일을 한 셈이라 볼 수 있습니다."

진우생이 천마검위대주로 활약했을 때가 벌써 오래전이 다. 게다가 진우생이 젊었을 때였으니, 아마 그 전부터 활 동했을 것이 분명했다.

그런 자가 이때까지 현역에서 활동했다는 것은 그만큼 의지도 있었겠지만, 전대 천마인 도선광에 대한 충성심 때 문이었을 것이다.

"빈자리는……."

잠시 고민하던 가람이 결정을 한 듯 진우생을 보며 말했 다.

"공개적으로 뽑도록 하지."

"그 말씀은?"

"이번 기회에 천마의 직속이라 할 수 있는 천마검위대마 저도 실력으로 뽑는다는 것을 보여 주도록 하는 것이 좋겠 지. 어쩌면 숨어 있는 고수가 등장할 수도 있는 일이고. 그 동안 본 교도 많이 달라졌으니 충분하다고 보는데, 아닌 가?"

"알겠습니다. 그럼 그쪽으로 준비하도록 하겠습니다."

"그리고…… 자네도 천마검위대로 복귀하도록."

"……알겠습니다."

그렇지 않아도 이 이야기를 어떻게 꺼내야 하나, 싶던 진우생이었다.

가람의 최측근이니만큼 천마검위대에 들어는 가야 하겠는데, 한 번 박차고 나왔던 자리니만큼 걸리는 것이 제법 많았다.

당장 천마검위대주인 혈월마검 심광혁을 보기도 좀 그렇지 않은가. 실력이야 자신이 위이지만 갑작스레 돌아오는 주제에 대주 자리를 내놓으라 할 수도 없고 말이다.

하지만 이마저도 가람이 해결해 주었다.

"나와 봐."

"부르셨습니까."

츠츠츠.

가람이 부르기 무섭게 그의 뒤편에서 모습을 드러내며 고개를 숙이는 심광혁.

"나는 진우생을 천마검위대로 복귀시키는 것도 모자라, 대주라는 자리에 앉히려고 하는데. 그대는 어찌 생각하지? 억울한가?"

"아닙니다. 흑검의 복귀는 천마검위대 전부가 반기는 바입니다. 그리고 교주님의 뜻대로 본 교는 강자존이 전부. 그의 실력이 제 실력을 뛰어넘음이니 당연히 대주의 자리에 앉는 것이 옳다, 생각합니다."

"너……!"

심광혁의 말에 진우생이 깜짝 놀랐지만, 가람은 이미 짐작하고 있었다는 듯 고개를 끄덕였다.

"좋아. 지금부터 흑검 진우생을 천마검위대주로, 혈월마검을 부대주에 명한다. 이의 있나?"

"존명!"

"……명!"

두 사람이 고개 숙이는 것을 보곤 가람이 자리에서 일어섰다. 교주가 되고 나서 해야 할 일이 많았다.

그동안 소교주로서 이것저것 처리하긴 했었지만, 지금과 비할 바가 아니었다.

게다가 천마신교의 근본부터 차근차근 다시 세워가는 중이기에, 더더욱 가람의 손길이 닿아야 하는 곳이 많았다. 지금도 늘어 가는 중이고.

"본 교의 기본 무공이 되는 것들부터 전부 가져와. 그것부터 손을 본다."

"전부…… 말씀이십니까?"

"기본이 바로 서야, 진짜가 되는 법이니까."

그중에서도 가람이 가장 신경 쓰면서 의욕적으로 진행하고 있는 것은 마공을 마공답게 만드는 것이었다.

자신이 진짜 천마신공을 얻으며 진정한 마공을 깨달았듯, 신교 무인들에게 제대로 된 마공을 가르치려는 것이다.

물론 이것의 부작용에 대해 모르는 것은 아니었다.

이미 부작용에 대해서도 충분히 경고하고 있었으니까.

그런데도 가람이 이 일을 시작한 것은, 그만큼 진짜와의 힘의 차이가 대단하기 때문이었다.

'어차피 마공은 자신의 모든 것을 내걸어 강한 힘을 얻는 것. 굳이 안정적인 마공만을 원한다면 그게 정파와 다를 것이 무언가? 잃는 것이 있더라도 강한 힘을 가지는 것. 그것이 진짜다.'

가람의 생각은 확고했다.

그리고 실수를 되풀이할 생각이 없기도 했다.

무분별하게 마공을 개조하여 그 힘을 증폭시키는 것이 아니라, 기본부터 시작하여 차근차근 단계를 맞추어 갈 생각이었다.

다소 시간은 걸리겠지만, 부작용을 최소한으로 하면서 그 힘을 신교에 녹여내는 데 충분한 시간을 들이는 것이 필요하다는 게 가람의 판단이었다.

그러는 사이에도 천마신교는 점점 더 강해질 것이고 말이다.

사실 이번에 암왕과 싸우면서 느낀 것은 너무나 쉽다라는 것이었다.

분명 그의 손에서 펼쳐졌던 것은 절기라는 말이 너무나 잘 어울리는 것들이었지만, 그 힘은 그리 강하지 않았다.

여러 이유가 있겠지만 가장 중요한 것은 중원 무림이 너무 오랜 시간 평화에 찌들었기 때문이다.

목숨을 내걸고 싸우는 일이 드물어지다 보니, 자신이 지닌 재능을 만개하지 못하고 적절한 수준에서 만족하는 일이 벌어진 것이다.

더불어 경험이 부족해져 버렸고.

암왕만 하더라도 이름에 비해 임기응변의 수가 너무 적었다. 가람이 느끼기에 왕(王)이란 이름이 붙은 것이 아까울 정도로 말이다.

오죽하면 신교의 무인이 더 많은 경험을 쌓았을 것이란 생각도 들었다.

이유야 어쨌든 여러 사건을 겪으며 경험만큼은 많이 쌓은 상황이니까.

"우선은 내실을 다지는 것이 먼저야. 그리고 무림을 향해 눈을 돌리는 것이 맞겠지."

자신과 암왕의 싸움으로 인해 중원 무림이 경각심을 가졌을 것이 뻔했지만, 그래도 가람은 신교의 내실을 다지는 것이 먼저라 생각했다.

안이 단단하지 않은데, 밖이 제대로 힘을 쓸 수 있을 리 만무하니까.

뻔한 답이지만, 그 뻔한 만큼 확실한 답이기도 했다.

"그래도 이대로 입 다물고 있기에도…… 아쉬운 것이 사실이긴 하지."

눈을 빛내며 웃는 가람.

그 머릿속에 또 다른 꿍꿍이가 있음이 분명했다.

❖ ◈ ❖

무림맹과 정도맹.

그 이름은 다르지만 하는 역할은 같았다.

중원 무림 내부 혹은 외부에서 발생한 중대한 위기 상황을 이겨내기 위해 무림 문파들끼리의 연합을 결성한 곳이었다.

다른 것이 있다면 무림맹은 정사를 가리지 않았지만, 정도맹은 오직 정파로만 구성이 되어 있다고 할까?

오랜 평화로 인해 무림맹의 흔적은 이제 완전히 사라진지 오래고, 정도맹은 그 이름이 유명무실할 정도였다.

그나마 과거 정도맹의 중심이 되었던 거대한 성이 호북무한에 그대로 남아 있다는 것이 다행이었다.

그리고 그곳에 정말 오랜만에 정파 무림의 수좌들이 하나둘 모여들기 시작했다.

구파일방, 오대세가는 물론이고 이름이 알려진 문파의 주인들은 모조리 이곳으로 몰려들었다.

수십 년 동안 단 한 번도 없었던 회동이 이루어진 이유는 오직 하나.

가람 때문이었다.

거대한 회의장에 자리한 사람 중 누구도 먼저 입을 열지 않는다. 근 일백에 달하는 이들이 자리에 앉았지만, 분위기만 무거워질 뿐이었다.

그렇게 한참의 침묵 끝에 마침내 소림의 혜공대사가 자리에서 일어서며 입을 열었다.

"오늘. 이 자리에 참석해 준 무림 동도들께 감사의 인사를 전하는 바입니다. 귀한 시간을 이리 내주어 감사합니다. 맹주의 자리가 비었으니 임시로나마 오늘 회의는 제가 이끌도록 하겠습니다."

"동의합니다."

"저 역시."

혜공대사의 말이 끝나기 무섭게 무당과 화산이 찬성하고, 남은 문파들도 크게 반대하지 않았다.

어차피 누군가는 회의를 이끌어가야 하는 상황이니 만큼 무림에서 명망 높은 소림의 방장이 이끈다면 모두가 충분히 이해할 수 있을 터였다.

"다들 알고 있겠지만, 오늘 여러분을 이 자리에 모이게 한 이유는 암왕의 죽음과 마인의 등장 때문입니다."

"으음……!"

웅성웅성.

술렁이는 회의장.

반은 마인의 등장에, 반은 암왕의 죽음에 술렁이고 있었다. 이미 암왕의 죽음에 대한 소문이 퍼진 뒤였지만, 아직도 믿지 않고 있던 이들이 적지 않았던 탓이다.

그럴 수밖에 없었다.

다른 사람도 아닌 암왕이지 않은가.

정파 무림에서 손에 꼽는 강자인 그가 어느 날 덜컥 죽었다고 하니, 누가 쉽게 믿을 수 있겠는가.

그런 사람들의 동요를 잠시 지켜보던 혜공대사가 다시 입을 연다.

"암왕을 죽일 정도의 마인이 등장했다는 것은 곧 마교가 준동을 하기 직전이라는 것과 크게 다르지 않을 겁니다."

"마교!"

"놈들이 다시……!"

이전과 비교할 수 없을 정도로 술렁이는 회의장. 동시 긴장감이 회의장을 감싼다.

마교.

즉, 천마신교가 주는 이름의 무거움은 보통이 아니었으니까.

"그만!"

우르릉.

더는 못 듣겠다는 듯 무당 장문인 태극혜검 무무진인이 일갈한다. 순식간에 조용해지는 회의장.

평소에도 진중한 얼굴 그 자체인 그의 일갈에 조용해진 회의장을 보며 혜공대사가 말을 잇는다.

"비록 놈을 잡는 데는 실패했지만, 놈도 무사하지만은 못할 것입니다. 다른 사람도 아닌 암왕이 자신의 모든 것을 걸고 상대했었으니…… 만약 암왕이 제대로 된 준비를 했었다면 상황은 반대가 되고도 남았을 겁니다."

"그렇습니다. 암왕께서 그리된 것은 안타까운 일이나, 덕분에 우리는 놈들의 존재에 대해 파악을 할 수 있었습니다. 즉, 대비할 수 있는 시간을 번 겁니다. 놈들이 얼마나 많은 준비를 했는지 알 수 없으나, 우리도 준비하면 됩니다. 기왕이면 이번 기회에 마교를 무림에서 지워 버리는 것도 나쁘지 않을 겁니다."

강한 어조로 나오는 화산의 장문인 매검향 송일수의 말에 적지 않은 무인들이 동의하고 나섰다.

"옳습니다. 이번 기회에 아예 뿌리를 뽑아 버리는 것도 나쁘지 않을 겁니다."

"옳소! 이번 기회에 싹을 밟아 버립시다!"

곳곳에서 동의하는 사람들을 진정시키며 혜공대사가 재차 입을 연다.

"여러분의 마음은 다들 잘 알겠습니다. 하지만 그보다 먼저 해결해야 할 것이 잔뜩입니다. 그 첫 번째가 정도맹의 부활입니다. 그것이 어떤 의미가 있는지 모르는 분은 없을 것이라 봅니다."

"흐음!"

"음……."

정도맹을 구성해야 한다는 것은 모두가 알고 있는 사실이었다. 마교를 상대하기 위해선 힘을 합쳐야 하니까.

문제는 오랜 평화로 인해 각 문파의 힘이 이전과 비교할 수 없을 정도로 커져 버렸고, 그로 인한 자신감이 넘친다는 것에 있었다.

즉 암왕이 죽었음에도 마교, 천마신교를 큰 위협으로 생각하지 않는 것이다. 오히려 이번 기회에 자신이나 문파의 명성을 더 드높이려는 자들이 다수였다.

그 말은 각 문파의 힘을 정도맹에 집중시켜 그 영향력을 높일수록, 기회를 잡을 수 있다는 말과 같았다.

동시 반대로 말하면 각 문파의 핵심이 정도맹에 묶여야 한다는 뜻.

반기면서도 선뜻 반길 수 없는 구조였다.

이것이야말로 정도맹이 그 이름만 남게 된 결정적인 이유였다.

하지만 이번엔 이것만이 문제가 아니었다.

"두 번째는 정도맹을 운영하는 데 필요한 자금입니다.

아시다시피 오랫동안 정도맹에 신경을 쓰지 않았던 탓에, 자체적인 자금은 거의 없습니다. 유입되어야 했었던 자금이 들어오지 않았으니까요. 오히려 지금까지 이 건물이 유지되고 있는 것도 신기할 지경이라 봐야 하겠지요."

"크흠!"

"흠흠."

곳곳에서 흘러나오는 헛기침.

본래 정도맹은 결성과 동시 다달이 각 문파의 규모에 따라 정도맹에 운영자금을 조금씩 투입하기로 했었다.

지금에 와선 그것을 지켰던 문파가 없다 보니, 자연스럽게 소유하고 있는 자금이 전무한 실정이었다.

무림이 아무리 관과 불가침이라 하더라도, 나라에 속한 이상 각종 세금을 내지 않을 수 없다.

그동안 모였던 자금은 그렇게 쓰이고, 이제 남은 것은 없었다. 즉, 새로운 활동을 하기 위해선 엄청난 돈이 필요했다.

당연한 일이다.

당장 이곳에 집결할 무인들을 먹여 살리려고만 해도 돈이 필요하니까.

"각 문파에서 능력이 되는 한도 내에서 지원하고, 상인들에게 조금씩 도움을 받는 것이 좋을 것 같습니다. 무림이 어지러워선 상인들 역시 좋을 것이 없을 테니, 적극적으로 지원하려고 할 겁니다."

매검향의 말에 모두가 괜찮은 생각이라는 듯 고개 끄덕이며 동의했다.

　어차피 내야 할 돈이라면 적절히 내면서도, 부담을 줄일 방법을 찾는 게 좋았고 지금으로선 매검향의 말처럼 상인들을 끌어들이는 것이 가장 좋은 방법이었다.

　무림과 상계는 쉽게 뗄 수 없는 관계이니까.

　상계 입장에서야 기분 나쁘겠지만, 돈을 낼 것이 분명했다. 그렇지 않는다면 여러모로 곤란해질 것이 뻔했으니까.

　어차피 그들로선 돈을 낸 만큼 받아가려 할 것이 뻔하니, 무인들로서도 부담이 없었다.

　무리한 부탁을 해오면 거절하면 그만이니까.

　돈이 아무리 좋다 하더라도, 목숨보단 소중하지 않을 테니 말이다.

　상인들도 이걸 모르지는 않았지만, 그래도 순순히 따를 것이었다.

　"그럼 돈 문제는 그렇게 해결하는 것으로 하지요."

　혜명대사 역시 군말이 없었다.

　제아무리 소림이라도 돈 문제는 예민한 것이니까.

　"그럼 남은 것은 하나뿐이로군요. 각 문파에서 얼마나 많은 정예를 집결시킬 것인가. 그리고…… 정도맹을 이끌 맹주를 추대할 필요도 있겠지요."

　"추대라…… 생각하신 분이 있는 모양입니다?"

태극혜검의 물음에 혜명대사는 고개를 끄덕이며 입을 열었다.

"현 무림에서 정파를 대표하는 분이라면 그분밖에 없지 않습니까? 그분께서 맡아 주신다면 정도맹의 앞날은 밝을 수밖에 없을 겁니다."

"아······!"

"그래, 그분이 계셨지."

"그런데 맡으실까? 복잡한 걸 싫어하시잖아?"

모두의 얼굴이 밝아짐과 동시에 여러 이야기가 오간다. 그러면서도 누구도 반대하지 않았다.

당연한 일이었다.

현 무림 최강의 무인.

이황(二皇)으로 불리는 두 사람.

무황(武皇)과 사황(邪皇).

사파 최고의 고수이자, 스스로 사황성이란 사파 최강의 문파를 이끄는 사황.

그와 달리 휘하에 어떤 세력도 없으나, 필요하면 수천의 무인이 당장 달려가 목숨 바칠 준비가 되어 있는 정파 최강의 고수 무황.

무황의 손에 구함을 받은 이들은 셀 수 없이 많았고, 그들 중에 무황의 추종자는 적지 않았다.

그런 그가 정도맹주의 자리를 맡아 주기만 한다면, 많은 고수를 정도맹으로 끌어들일 수 있을 터였다.

"그런데 그분의 행적을 아는 사람이 없지 않습니까? 무황께서 모습을 보이지 않은 것이 벌써 몇 년은 된 일로 알고 있습니다."

매검향의 말에 그제야 무황의 일이 떠오른 사람들이 한숨을 내쉰다.

정파 최강의 고수지만, 워낙 신출귀몰하여 벌써 모습을 보이지 않은 것이 몇 년이 흘러 있었다.

많은 나이로 인해 죽었을 것이란 이야기까지 나오고 있으니 오죽할까.

그런 상황이니 매검향의 걱정은 당연하지만, 혜명대사는 이런 이야기가 나올 줄 알았다는 듯 즉시 입을 열었다.

"그분의 행적에 대해선 얼마 전 본사에서 파악했습니다. 일단 말씀을 전하는 것에는 문제가 없을 것으로 생각됩니다."

"오오오! 그렇다면야!"

"무황께서 맹주를 맡아 주신다면야……!"

사람들의 얼굴에 만족스러운 얼굴이 스쳐 지나간다. 그런데 재미있는 것은 구파일방과 오대세가 수뇌들의 얼굴은 미동조차 없다는 것이었다.

마치 이미 일이 이렇게 흘러갈 줄 알았다는 듯.

"하면, 모두가 찬성하는 것으로 알고 무황께는 제가 직접 부탁을 드리도록 하겠습니다. 이후 정도맹의 재건에 관해선 빠르게 일을 진행하도록 하지요."

그 말과 함께 회의가 빠른 속도로 진행되기 시작했다.

사실 이 모든 것은 구파일방과 오대세가 간에 미리 이야기가 오갔기에 가능한 일이었다. 그렇지 않았다면 서로에 대한 견제로 제대로 된 일은 하나도 해결되지 않았을 테다.

무황에 대한 것만 해도 그랬다.

다른 사람도 아닌 무황이기에 맹주의 자리를 양보한 것이지, 다른 이였다면 절대 포기하지 않았을 이들이 한둘이 아니었다.

어떠한 세력도 없으며, 복잡한 일에 개입하지 않으려는 그의 성격을 알기 때문이다.

설령, 맹주의 자리를 수락한다 하더라도 불필요한 간섭은 하지 않을 것이 뻔했다.

싸움이 벌어지면 선두에 서서 싸우는 유형이지, 그는 머리를 쓰면서 뒤에서 지켜만 보고 있는 사람은 더더욱 아니었으니까.

즉, 그가 맹주가 되더라도 결국 정도맹을 움직이는 것은 구파일방과 오대세가가 되는 것이다.

모든 회의는 미리 의논한 것처럼 빠르게 진행되었다.

정도맹의 구성으로 인해 가장 큰 이득을 얻는 것은 그들이 될 터였다.

"……정말 이대로 진행하실 생각입니까?"

진우생이 당혹스러운 얼굴로 가람이 건넨 계획서를 본다. 그 모습이 퍽이나 재미있었던지 가람은 웃으며 다시 말했다.

"당연하지. 그러려고 만든 계획인데."

"자칫 큰 변을 당할 수도 있습니다."

"글쎄…… 무림에 누가 있어 날 제재할 수 있을까?"

그 말에 진우생은 뭐라 말을 하지 못했다. 혼자서 중원무림의 고수라는 암왕의 목을 베었을 뿐만 아니라, 주변에 펼쳐진 천라지망을 유유히 빠져나왔던 가람이다.

심지어 그것도 전력이라고 볼 수 없었다.

"암왕의 실력이 예상보다 낮았던 것도 있습니다만, 그건 상대가 교주님이셨으니 가능한 일. 저였다면 목숨을 걸었어야 할 일입니다."

"그러니까 혼자 간다잖아."

"하아…… 그게 가능하다고 보십니까?"

긴 한숨을 내쉬는 그를 향해 가람은 씩 웃었다.

"괜찮아. 무림 최강의 무인으로 불리는 사람의 실력이나 한번 보자고."

"천하무림대회를…… 과연 받아들일까요?"

"돈이 필요하고, 인재가 필요한 상황이니 굳이 제의하지 않아도 먼저 들고 나올지도 모르지. 난 거기에 조용히 숨어 들면 되는 일이고."

자신만만하게 대답하는 가람을 보며 진우생이 고개를 내 저었다.

"알겠습니다. 우선 최대한 상관이 없는 상단을 골라 정도 맹을 후원함과 동시 무림대회를 개최하도록 말을 해보겠습니다. 교주님의 말씀대로라면 어려운 일은 없을 것으로 보입니다."

"그래, 수고해줘."

짧게 말을 하는 가람의 두 눈이 빛난다.

"재미있겠어. 그렇지?"

"저는 심장이 떨어질 거 같습니다."

단호한 진우생의 말에 가람은 크게 웃었다.

콰콰콰-!

귀를 먹먹하게 울리는 굉음과 함께 쏟아지는 엄청난 물줄기. 하얀 물거품이 일어나고, 사방에 휘날리는 물방울.

도저히 사람이 들어갈 수 없을 것 같은 거대한 폭포의 중심에서 편안하게 가부좌를 틀고 앉아 있는 이가 있었다.

떨어지는 폭포수가 아무렇지도 않은 듯 편안하게 맞으며.

잘생기진 않았으나, 호쾌한 인상의 중년인.

긴 머리를 목 뒤에서 묶었지만, 전체적인 인상을 고려하면 그는 한 마리의 짐승처럼 보였다.

마치 자연에 동화된 듯 편안한 모습을 유지하던 그가 돌연 눈을 뜨며 자리에서 일어났다.

그리곤 아무렇지 않은 듯 허공을 날아 폭포의 가장자리. 물이 닿지 않는 곳에 떨어져 내리고.

"이 여유도 이젠 끝인 모양이지?"

"죄송합니다. 무림에 중차대한 문제가 발생하는 바람에."

고개를 숙이며 모습을 나타낸 것은 놀랍게도 소림방장인 혜공대사였다.

무림에서 손에 꼽힌다는 배분을 지닌 그가 정중히 고개를 숙인다? 그것도 중년인을 향해? 쉽게 생각하면 있을 수 없는 일이다.

하지만 중년인의 정체를 아는 사람이라면 그걸 당연하게 여길 것이다.

다른 사람도 아닌 무림 최강의 무인으로 평가받고 있는 무황이라면 당연히 그럴 자격이 있었다. 실력도 실력이지만 그의 배분 역시 혜공대사보다 윗줄에 있었으니까.

"무슨 일이지? 이젠 나도 나이가 있으니 바깥일에는 그리 신경 쓰고 싶지 않은데?"

중년인의 모습으로 우습다고 생각할지도 모르지만, 그가 저 모습으로 살아온 것이 수십 년.

그의 정확한 나이를 아는 사람은 오직 그뿐이었다.

다만 확실한 것은 혜공대사보다 훨씬 오래전부터 무림에서 활동했다는 것.

"흠흠. 그 점은 사과드립니다. 하지만 현 무림에 닥친 위기를 해결하기 위해선 무황께서 직접 나서 주셔야 합니다. 정파무림을 하나로 묶을 수 있는 분은 오직 무황뿐입니다."

"소림의 이름으로도 안 된다는 건가?"

"소림의 이름을 내세우기엔 다른 문파들 역시 보통은 아니니까요. 게다가 내부적으로 싸우면서 시간을 보내기도 아깝습니다. 저는 최대한 빨리 정도맹의 체계가 바로 서야 한다고 보고 있습니다."

"자네가 그렇게 말할 정도라면 궁금하긴 하군. 따라오게."

말과 함께 앞장서서 걷는 무황을 따라 혜공대사가 움직인다. 숲 안쪽으로 움직이고 폭포 소리가 더는 들리지 않는다 싶을 때, 작은 통나무집이 모습을 드러낸다.

"잠시 거기 앉아 있게."

평상을 가리킨 그가 익숙하게 안으로 들어가더니 얼마 지나지 않아 차갑게 식은 차를 가져왔다.

"매번 끓이기 귀찮아서 말이야."

부글부글.

말이 끝나기 무섭게 그의 손에 쥐어진 주전자가 끓어오른다. 정확히 주전자 안의 찻물을 끓여 내는 것이다.

어설프게 따라 하다간 주전자가 박살 나 버리는, 신기할 정도로 정교한 기의 운용이었지만 익숙한 듯 차를 받아 마시는 혜공대사.

"이야기를 계속하지. 정도맹이 결성될 정도라면…… 제법 중요한 고비가 닥친 것 같은데 말이야."

"마교가 나타났습니다."

"마교?"

단도직입적으로 혜공대사는 마교가 나타난 과정과 그 과정에서 암왕이 죽었음을 알려 주었다. 동시 현재 정도맹의 상황에 대해서도.

모든 이야기를 들은 무황의 얼굴엔 호기심이 가득 떠올라 있었다.

"마인이 그렇게 강한가? 이제까지 내가 겪어본 놈들은 제법 힘이 좋기는 했지만, 그렇게까지 까다롭다고 생각하지 못하겠던데."

"그건 무황께서 너무 강하시니 그런 것 아니겠습니까?

다른 무인들이었다면 상대하기 어려웠을 겁니다. 특유의 마기는 처음 접하는 이들이라면 크게 위축되니까요."

"그게 또 그렇게 되는 건가?"

피식 웃어넘기는 무황.

나이에 맞지 않는 편안한 말투지만, 혜공대사는 알고 있었다. 저 온화한 얼굴 뒤에 얼마나 무서운 모습을 담고 있는지.

만약 그가 진심으로 실력을 드러내고자 한다면 현 무림에서 그와 어깨를 나란히 한다는 사황조차 상대가 되지 않을 것이라 그는 믿어 의심치 않았다.

"어쨌거나 암왕이 죽었단 말이지? 무장 상태는? 그 녀석 무장 상태에 따라 상황이 꽤 달라졌을 텐데?"

"들기로 전투상황의 6할은 준비해 갔다고 합니다. 게다가 온전히 한 사람에게 쏟아냈으니, 부족한 것도 없었을 겁니다."

"흠! 마교라……."

잠시 고민했지만, 곧 털어 낸 듯 고개를 끄덕이는 무황.

"좋아. 맹주 자리를 맡도록 하지."

"가, 감사합니다!"

"하지만 조건이 있어."

말과 함께 씩 웃는 것이 상당히 불안해지는 혜공대사였다. 그런 그를 보며 무황은 괜찮다는 듯 아무렇지 않게 말했다.

"정도맹에 보낸 무인은 전원 내 명령에 복종할 것. 어중간한 태도로 발을 빼는 건 내가 못 참아."

"물론입니다. 맹주님을 중심으로 뭉쳐 이 위기를 극복……."

"그런 말이 아니야. 어설픈 태도로 소속 문파와 맹의 명령 사이에서 갈팡질팡하지 말라는 거야. 소속 문파의 이득을 위해 맹의 결정을 뒤집는 짓을 하지 말라는 거지."

"그 말씀은……."

"맹의 모든 권한은 내가 쥐겠다는 거지."

그 말에 혜공대사의 얼굴이 잠시 굳었지만, 곧 고개를 흔들며 승낙했다.

"그리하겠습니다. 적어도 저희 소림은 맹주님의 명령을 철저히 지키도록 지시해 놓겠습니다."

"일단은…… 그 정도로 만족해야 하겠지?"

"다른 문파는 제가 설득하도록 하겠습니다. 시간은 걸리겠지만, 다들 이해할 겁니다."

혜공대사의 말에 무황은 만족스럽게 웃으며 자리에서 일어섰다.

"다른 건 나중에 생각해 보도록 하고. 합류는 한 달 뒤쯤에 하도록 하지. 그 전까지 정도맹 구성을 대충 마쳤으면 좋겠군."

"한 달 뒤 말입니까?"

"인사할 곳이 생각나서 말이야."

"예?"

"그럼 한 달 뒤에 보자고."

휘리릭!

말이 끝나기 무섭게 자리에서 사라지는 무황의 모습에 당황하던 혜공대사는 긴 한숨과 함께 자리에서 일어섰다.

무림에서 한 손에 꼽히는 실력자인 그조차도 무황의 마지막 모습은 확인할 수 없었다.

그만큼 무황의 실력이 이미 하늘에 닿았다는 뜻과도 같았다.

❖ ❖ ❖

천마신교의 위치를 묻는다면 무림인 중 대부분은 어렵지 않게 답할 것이다.

십만대산이라고.

그만큼 천마신교에 대해서 조금만 아는 사람이라면 어렵지 않게 답할 수 있을 정도로 천마신교의 위치는 잘 드러나 있었다.

하지만 정작 그곳을 찾아간 사람은 손에 꼽을 정도였다.

당연한 일이었다.

중원을 벗어난 지역인 데다, 그 이름처럼 험준한 산이 연속으로 이어지는 미로와 같은 곳에서 천마신교를 정확히 찾아낸다는 것은 쉽지 않은 일이었다.

천마신교에서 가만히 지켜만 보고 있어도 어려운데, 천마신교가 바보가 아닌 이상 자신들의 본거지를 찾는 사람을 두고 볼 리가 없었다.

십만대산 전체에 광범위하게 환영진과 미로진 등 수없이 많은 진법이 뒤섞여 있다.

아무것도 모르는 사람이 이곳을 찾는다면 자신도 모르는 사이에 다시 산 밖으로 자연스럽게 나가게 되어 있었다.

워낙 간단한 진법이라 그걸 뚫고 더 안쪽으로 들어오면 곳곳에 숨어 있는 신교 무인들을 상대해야 한다.

그런 과정을 수도 없이 걸치고 나서야, 비로소 천마신교의 본거지를 둘러싼 거대한 성벽을 마주할 수 있었다.

마중걸은 신교로 가는 길목에 숨어 보초를 서는 무인 중의 하나였다.

삼인일조로 구성되어, 만약의 사태에는 두 사람이 시간을 벌고 한 사람이 도망쳐 안쪽에 알리게 되어 있었다.

"오늘따라 기분이 좀 이상하지 않아?"

"그러게. 안개도 심하고……."

"정신 바짝 차려야 하겠는데."

마중걸의 말에 다른 두 사람이 고개를 끄덕인다. 이곳에서 멀지 않은 곳에 또 다른 보초들이 숨어 있기에 편안히 마음을 놓을 만도 하지만, 이들은 경계의 끈을 놓지 않았다.

남들의 눈에야 하찮은 일로 보일지도 모르겠지만, 이들은 자신들이 하는 일에 자부심을 품고 있었다.

자신들이 아니면 본거지로 가는 길이 뻥 뚫리게 되니까.

그렇게 경계를 서고 있을 때였다.

"길 좀 물어도 되겠는가?"

"누구냐!"

돌연 앞에서 들려오는 소리에 깜짝 놀라며 마중걸이 재빨리 자리에서 일어서고, 옆에 있던 동료가 무기를 챙겨 든다.

발이 빠른 동료가 은밀히 몸을 숨기던 그때 안개를 뚫고 한 사람이 모습을 드러낸다.

"이거 초행길이라 아무리 찾아도 찾을 수가 없으니, 실례하겠네. 그렇게 경계할 필요 없다네. 자네들에게 볼일이 있는 것은 아니니."

"누구냐!"

챙!

재빠르게 검을 뽑아 들며 앞으로 나서는 마중걸. 그의 곁으로 한 사람이 재빠르게 붙는다.

짧은 순간 눈을 마주친 두 사람이 단숨에 그를 향해 달려간다.

좌우에서 거의 동시에 쳐들어가는 둘.

그 틈을 놓치지 않고 숨었던 한 사람이 재빠르게 몸을 날리려는 그때였다.

"이런, 잠시 실례하지."

쩌엉-!

"컥!"

"으헉!"

신음과 함께 단숨에 제자리에 처박히는 세 사람. 아무렇지 않게 말도 안 되는 일을 벌이는 그를 보며 자신들로는 상대가 되지 않음을 깨달은 마중걸은 재빨리 내공을 실은 휘파람을 불었다.

삐이익!

날카롭게 퍼져 가는 휘파람.

이렇게까지 할 줄은 몰랐다는 듯 모습을 드러낸 중년인은 고개를 흔들며 말했다.

"굳이 과하게 손을 쓸 생각은 없네. 자네들과 드잡이질을 하고 있을 생각도 없고. 그저 안쪽에 알려 주게."

"이쪽이다!"

삐이이익!

그의 말이 끝나기 무섭게 사방이 시끄러워지며 사람의 기척이 무수히 잡히기 시작한다.

하지만 여전히 중년인의 얼굴은 마중걸에게 고정되어

있었다. 마치 지금 달려오는 이들 정도는 아무래도 좋다는
듯.

"가서 전하게. 정도맹주가 천마를 보고자 한다고."

그 말에 마중걸의 얼굴이 크게 굳어진다.

"정도맹주?"

갑작스러운 이야기에 놀란 듯 고개를 드는 가람을 향해
진우생이 굳은 얼굴로 말했다.

"아무래도 사실인 것 같습니다. 사상자는 없는 듯하나,
긴급 출동한 잔살흑암단과 유령귀살단이 단숨에 제압을 당
했다고 합니다."

"정도맹이 결성된다는 이야기는 들었는데, 벌써 맹주가
정해진 건가? 아니, 그보다 상대 진영에 혼자 쳐들어가는
미친놈이 있단 말이야?"

"……."

물끄러미 자신을 바라보는 진우생의 눈을 무시하며 가람
이 자리에서 일어선다.

"상황이 어쨌든, 날 원한다는 것은 그만큼 실력에 자신
이 있다는 거겠지?"

"그럴 것입니다. 그리고 높은 확률로…… 그가 맹주의 자
리에 앉았을 확률이 높습니다."

"그?"

"정파 최강의 고수. 무황 말입니다."

"무황? 은거한 지 오래라고 하지 않았던가?"

얼마 전에 보고를 받은 기억이 있기에 가람이 물었지만, 진우생은 자신도 확실하지 않다는 듯 말했다.

"저도 확실한 것은 아닙니다. 하지만 현 정파 무림의 상황을 생각한다면, 그를 제외하고는 누구도 맹주 자리에 앉을 수 없을 겁니다. 말이 좋아 정도맹이지 실제로 그 안에선 치열한 이권다툼이 펼쳐지고 있을 테니까요."

"겉만 번지르르한 것이 정파라고 하기는 하더군."

"만약 무황이라고 한다면…… 어찌시겠습니까?"

걱정이 섞인 그의 물음에 가람은 피식 웃었다.

"내가 질 것 같아?"

"그런 건 아닙니다만, 아무래도 걱정이 되는 건 사실입니다."

"문제없어. 오히려 암왕 정도의 수준이라면 내가 실망할 거야. 그래도 무황이란 별호가 있는데, 실력이 있겠지."

어느새 가람의 두 눈에 호승심이 가득하게 담겨 있었다.

❖ ❖ ❖

무선은 자신을 둘러싼 신교 무인들을 보면서도 여유로운 얼굴로 바위에 엉덩이를 걸치고 앉았다.

그의 손짓 하나, 움직임 하나에 움찔거리는 저들이 재미 있지만, 일부러 놀리진 않았다.

저들을 어떻게 하려고 이곳까지 온 것이 아니니까.

'천마는 얼마나 강할까?'

이곳까지 달려온 바탕에는 단순한 호기심이 컸다.

무선이란 자신의 이름 대신 무황이란 별호로 불리기 시 작한 것이 벌써 오래전의 일이다.

무인으로서 자신의 실력을 마음껏 드러내지 못한다는 것 은 너무나 슬픈 일이지 않을 수 없었다. 무황으로 불리고 나서부터는 버젓한 호적수는 존재하지 않았다.

사황이라 불리는 사파 최대의 거물이 있긴 했지만, 힘을 겨룰 만한 일이 생기지 않았다.

서로가 정파와 사파의 최고수다 보니, 두 사람의 싸움은 둘만의 문제로 끝나지 않게 된다. 그러다 보니 시원스럽게 싸우기는커녕 적당한 인사조차 건넬 수 없게 되어 버렸다.

그렇게 시간이 흐르며 무림에 염증을 느껴 모습을 감췄 던 그다.

'왜 그동안 천마신교를 생각해내지 못하고 있었을까?'

솔직한 말로 혜공대사가 와서 말을 하기 전까지 천마신 교의 존재에 대해서 까마득하게 잊고 있었다.

정확히는 몇몇 마인들을 상대하며 마인의 실력이 대단하 지 않음을 미리 단정 지어 버렸다고 할까?

그렇기에 암왕을 죽였다는 소식을 들었을 때부터, 억누르를 수 없는 호승심을 강하게 느꼈다.

무의 경지가 높아질수록 세속에 초월하게 된다는 이들도 많지만, 적어도 무황은 달랐다.

정확히는 많은 것을 버리고 놓을 수 있었지만, 자신의 힘을 마음껏 써보고 싶다는 욕심은 쉬 버릴 수 없었다. 오랜 세월 수련에 수련을 거치고, 수많은 싸움을 거치며 키워 온 힘이었다.

그걸 마음껏 써보지도 못하고 죽는다는 것 자체가 아까운 일이지 않은가.

그렇기에 무황은 지금 한껏 기대하고 있었다.

천마신교 무인이 암왕을 처리하고 유유히 떠날 정도라면 그 정점에서 군림하고 있을 천마의 실력은 어떻겠는가.

자신의 모든 것을 토해 내더라도 큰 문제가 없을 것이다.

두근두근.

'벌써 흥분되는군.'

당장 오늘 싸울 것은 아니었다.

하지만 적어도 상대를 가늠하고 인사는 해놓자는 생각에 달려왔다. 물론, 생각을 바꾸어 이 자리에서 한바탕 할 수도 있는 일이지만.

그렇게 기다리길 얼마나 지났을까.

"천마를 뵙습니다!"

처저척!

우렁찬 목소리와 함께 일제히 무릎 꿇는 신교 무인들의 사이로 가람과 진우생이 모습을 드러낸다.

적을 눈앞에 두고서 무릎을 꿇는다는 것은 아주 위험한 일이지만, 누구 하나 신경 쓰지 않았다.

그만큼 가람의 실력에 대해 모두 믿고 있었다.

상대가 어떤 짓을 하더라도 그걸 힘으로 이겨낼 수 있을 것이라 말이다.

무황의 첫인상은 터지기 직전의 활화산과 같았다.

툭 건드리면 자신의 모든 것을 쏟아낼 강렬한 힘과 실력을 겸비한 자.

중년인의 겉모습과 달리 그가 전대 천마에 버금가는 나이를 먹은 노인이라는 것을 알고 왔지만, 실제로 보니 더 놀라웠다.

겉으로 보이는 것보다 그의 주변에 흐르는 기운은 더욱 강하고 세찼으며, 싱싱했으니까. 즉, 도저히 나이 먹은 노인이라 여겨지지 않는다는 것이었다.

"이거, 놀랍군."

처음 입을 연 것은 무황이었다.

정확하게 가람을 향한 그의 두 눈.

"당대 천마가 이렇게 어릴 것이라곤 생각지 못했는데."

"실력과 나이는 상관없지. 어차피 더 강한 자가 오래 살아남는 법이니까."

"하하하! 그래, 그렇지. 강한 자가 살아남는 것은 무림 전체의 바탕이 되는 이야기니까. 그래서…… 실력에 자신은 있는 거겠지?"

눈을 빛내며 도발하는 무황을 보며 가람은 피식 웃는다.

"그런 말을 할 자격이 되는 건가? 당신."

"물론."

단호한 대답에 가람 역시 눈을 빛낸다.

두 사람의 시선이 허공에서 부딪치고.

우웅- 웅.

절로 일어난 기운이 강하게 부딪치자, 곁에 있던 진우생이 재빨리 주변의 수하들을 물렸다.

시작에 불과하지만 자칫 싸움이 벌어지기라도 한다면 무의미한 희생이 벌어질 수 있기 때문이었다.

다행히도 걱정은 걱정으로 끝났다.

거의 동시에 서로의 기운을 거둔 것이다.

"오늘은 인사나 하려고 온 것이니, 너무 날을 세우지 말자고. 그보다 손님이 왔는데, 아무런 대접도 없는 건가?"

웃으며 능청스럽게 말하는 무황을 잠시 보던 가람이 가볍게 손가락을 튕기자.

차착, 착.

기다렸다는 듯 뒤편에서 하인들이 모습을 드러내더니, 순식간에 평상과 다과가 준비된다.

향긋한 향을 풍기는 최고급의 용정차와 함께.

"손님 대접은 해야지. 앉지."

"하……! 이것 참."

그냥 해본 말이었는데, 설마 이런 준비를 했을 줄 몰랐던 무황은 고개를 저으며 가람의 맞은편에 가부좌를 틀고 앉았다.

조르륵-.

기다렸다는 듯 편안한 모습으로 찻잔에 차를 따르는 가람.

"그저 얼굴이나 보자고 이곳까지 온 것은 아닐 테지?"

"아니, 얼굴이나 보려고 왔는데?"

능글맞은 웃음을 지으며 찻잔을 드는 무황을 보며 짧게 혀를 차며 가람도 차로 목을 축인다.

최고급 용정차의 향긋함과 따뜻함이 온몸을 감쌀 때, 무황이 입을 열었다.

"솔직히 말해서, 반반이었지. 정말로 얼굴이나 보려는 마음 반, 암왕을 죽일 정도로 신교가 강해졌다고 하니 호기심 반."

보통 정파 무인이라면 천마신교를 향해 마교라고 한다. 그런데 그는 마교가 아닌 신교라고 정확하게 지칭해 주고 있었다.

분위기가 그러니, 그럴 수도 있겠지만 아무리 봐도 자연스러운 모습이었다.

"특이하군. 당신."

"내가 원래 좀 특이하지. 그러니, 무황이란 이름을 얻었고 수십 년 동안 정파 최강으로 군림할 수 있었던 거지."

"당신이라면 구파일방을 뛰어넘는 세력을 세울 수도 있었을 것 같은데?"

그 질문에 무황은 재미있다는 듯 고개 저었다.

"그래 봐야 백 년이나 갈까? 내가 죽고 나면 결국 부질없는 짓이잖아. 내 뒤를 이을 똘똘한 놈이 있는 것도 아니고, 그렇다고 내 모든 걸 놓아두고 후대에 알아서 하라고 하기는 싫고. 결국, 손에 넣어 봐야 재미없는 거지. 그 과정에서 복잡한 일도 생길 테니, 얻는 것보다 잃는 게 더 많다고 판단했지."

"자유를 택했군."

"그렇다고 봐야지. 그리고 봐봐. 자유를 택했어도 결국, 한 세력이 내 손에 굴러들어오잖아? 그것도 막대한 힘을 가진 정도맹이란 단체가 말이야. 단체를 손에 넣는 건 이런 식으로 즐겨도 되는 거지."

"즐긴다라…… 무섭군."

"나도 때론 내가 무서울 때가 있어."

편하게 말하며 웃는 무황을 보며 가람은 정말 간담이 서늘해지는 것을 느낄 수 있었다.

교주의 자리에 올라 천마신교 전체를 다스리기 시작하면서 혼자인 것과 아닌 것의 차이에 대해, 한 세력을 책임진다는 것에 대해 뼈저리게 느끼고 있는 가람이었다.

그런데 눈앞의 사내는 모든 것을 즐기고 있었다.

정도맹이란 거대한 세력을 움직이는 것조차 말이다. 이는 자신에 대한 자신감이 넘치지 않고선 있을 수 없는 일이었다.

더불어 정파 미래 따위야 어찌 되든 상관없다는 생각이 없으면 불가능한 일이었다. 조금이라도 신경을 쓰는 순간, 그 부담감은 말로 못 할 테니까.

그런 가람의 기색을 눈치 챈 것인지 무황이 찻잔을 내려놓는다.

달칵.

"정파 무림이 어떻게 되든 난 상관없어. 내가 할 수 있는 최선을 다해 앞으로 닥칠 일을 막을 뿐. 최선을 다하고서도 안 되는 일을 붙잡고 있을 순 없잖아? 게다가 내겐 딸린 식구도 없다고. 눈앞에 벌어진 일에 최선을 다해도 부족한 판에, 미래를 생각해? 미친 짓이지."

"그렇군."

솔직히 말해 가람은 한 수 배웠다고 생각했다.

최선을 다해도 부족할 지경에 미래를 위해 또 다른 준비를 한다는 것은 있을 수 없는 일이었다.

지금은 지금을 위해 최선을 다한다.

그러면 자연스럽게 미래를 향한 길은 열리게 될 것이었다. 뜻하지 않은 곳에서 얻은 이득에 가람은 웃었다.

"하나 물어봐도 되겠나?"

"뭐지?"

"암왕을 죽인 자. 누구지?"

그의 물음에 가람은 가볍게 답했다.

"내가 했지."

"역시. 저쪽도 대단한 실력인 것 같은데, 아무래도 자네가 일을 벌이지 않았나 싶어서 말이야."

"뭐, 어쩌다 보니. 계획대로 흘러가는 일은 없으니까."

"하긴 그것도 그렇지."

웃으며 천천히 자리에서 일어서는 그.

"계획대로 흘러가는 일이 없다는 그 말. 나도 지금 뼈저리게 느끼고 있거든. 원래는 적당히 인사나 주고받으려고 했는데, 생각이 달라졌어."

후욱.

무황의 몸에서 강렬한 투기가 흘러나오고.

"간단하게라도 몸 풀기. 어때?"

그 도발에 가람은 기다렸다는 듯 자리에서 일어섰다.

투확-!

무황의 주먹에 담긴 기운이 단숨에 가람을 덮쳐 오지만, 가람은 어렵지 않게 피해 낸다.

콰앙-!

우지직, 우직!

굵은 나무들이 단숨에 부러져가는 소리가 뒤편에서 들리는 것을 무시하며, 가람은 단숨에 무황의 품을 향해 달려든다.

그러면서 재빠르게 주먹을 내뻗는다.

쩌억!

쩌적!

피해내는 건 무황 역시 마찬가지였다.

무기를 쓰지 않고 내공도 어느 정도 제한을 두고 있지만, 그게 무슨 상관이 있을까 싶을 정도로 두 사람의 싸움은 어마어마했다.

주먹질 하나에 어른 두셋이 안아야 할 나무가 부서져 나가고, 오랜 세월 자리를 잡고 있었을 돌이 박살 난다.

멀찍이 떨어진 채 상황을 지켜보고 있는 신교 무인들의 입이 닫히지 않을 정도.

"이게 무슨 상황이냐."

뒤늦게 일의 경위를 듣고 다급히 달려온 전대 천마 도선광이 진우생을 향해 묻는다.

"가벼운 대련이라고만 하셨습니다."

"허! 천마와 무황의 싸움이? 중원에서 알면 기가 막히겠군."

고개를 내젓는 도선광.

하지만 정작 그도 저 싸움을 말리지 않았다.

파괴력이야 넘치지만, 그것과 달리 두 사람의 움직임에서 서로의 목숨을 빼앗겠다는 살의가 없기 때문이었다.

투쟁심은 강렬하지만 살의는 없는, 그야말로 완벽한 대련 상황.

상황이야 어찌 되었든, 말리고 있을 필요는 없어 보였다. 오히려 이번 일을 계기로 현 천마인 가람에게 도움이 되면 더 좋은 일이었다.

'그보다 무황을 이렇게 보게 될 줄은 몰랐군.'

도선광이라고 해서 어찌 무황의 이름을 모를 수 있겠는가. 그저 천마신교 전체의 일 때문에 중원으로 나설 기회가 없었기에 그와 부딪치지 못했을 뿐이었다.

그 이전에 무황이 부딪쳤던 마인들은 신교 소속의 마인이 아니었기도 했고.

만약 그가 신교 소속의 마인과 부딪쳤다면, 두 사람은 오래전에 만나서 서로를 향해 칼을 겨눴을 테지만 다행이라고 해야 할지 그런 일은 없었다.

'보통이 아니군.'

도선광 역시 무공으로 일가를 이루었다 해도 좋을 정도로 극강의 경지에 이른 자.

단숨에 무황의 실력을 알아볼 수 있었다.

그리고 깨달았다.

'진정 난 우물 안의 개구리였구나. 허허, 천마의 자리에서 내려온 것이 진정으로 잘한 일이로구나.'

무황의 실력이 자신을 월등히 뛰어넘고 있음을 말이다.

만약 자신이 천마의 자리를 아직도 지키고 있었다면, 이런 일이 벌어졌을 때 과연 신교를 지켜낼 수 있었을 것인지 생각하는 것만으로도 두려울 지경이었다.

'세상이 변했구나. 완전히 새로운 세상으로 변했어. 그런 와중에도 저런 실력을 지니고 있음이니…… 무황 역시 괴물은 괴물이로구나.'

인정하지 않을 수 없었다.

무황 역시 괴물이라는 사실을 말이다.

그러는 사이 두 사람의 대련은 점차 치열해지기 시작했고, 어느 순간 거리를 벌리며 떨어진다.

"후욱, 후욱!"

"헉, 헉!"

거칠게 숨을 내쉬는 두 사람의 몸이 땀으로 가득하다.

그러면서도 그 만면에는 미소가 가득했다.

"오늘은 이 정도로 하지. 다음엔 제대로 해보자고."

"얼마든지."

돌아서던 무황이 잊었다는 듯 돌아서며 물었다.

"묻는 걸 잊었군. 이름이 뭐지? 난 무황 무선이라고 한다."

"천마 백가람. 그게 내 이름이다."

"백가람? 가람? 뭐…… 기억해 두지. 다음에 보자고."

미묘한 표정을 짓던 그가 몸을 날리며 사라진다.

동천마검

東天魔劍

20 章. 재수없는 놈.

20 章. 재수 없는 놈.

무황이 맹주 자리를 받아들임으로써 정도맹의 결성이 더욱 빨라졌다.

특히나 소림과 무당이 적극적으로 나서면서 구파일방과 오대세가를 다독이니, 그들이 움직이자 자연스럽게 정파 대부분의 문파가 움직이기 시작했다.

그건 자연스러운 움직임이었다.

서로 간의 다툼을 떠나, 새로운 물결이 일기 시작했는데 홀로 떨어질 순 없는 일이지 않은가.

올라탈 수 있을 때 올라타지 않으면, 나중엔 어떤 피해를 감수해야 할지 누구도 예상할 수 없는 바.

정도맹에 가입하는 문파의 숫자는 날이 갈수록 늘어나기

시작했다.

그렇게 정도맹이 바쁘게 돌아가면 갈수록, 초조해지는 쪽이 있었으니 바로 사파였다.

정파의 대척점에 있는 그들로선 정파의 힘이 강해지는 것을 경계할 수밖에 없었다. 저들의 목표가 마교라 하더라도 그 뒷일은 알 수 없는 것.

미리 준비하지 않으면 당하는 것은 자신들이 될 터였다.

그렇게 하나둘 위기감을 느끼기 시작한 사파가 모이기 시작했고, 결국 그들이 찾아간 곳은 사파 최강의 문파.

사황성이었다.

정확하게는 사황성주이자 사파 최강의 고수인 사황을 찾은 것이다.

하지만 누구도 그 뜻을 이룬 사람은 없었다.

끝내 사황은 누구도 만나지 않았으니까.

그렇게 중원 무림이 복잡하게 돌아가고 있을 때, 천마신교는 의외로 아주 평안한 나날을 보내고 있었다.

"쓸모없는 지출을 줄이고, 늘려야 할 곳은 지시하신 대로 확실하게 늘렸습니다. 여기에 마학관의 무고를 개방하신 덕분인지 실력이 일취월장하는 자들이 부쩍 늘었습니다. 이는, 자신의 실력에 따라 더 높은 곳으로 오를 수 있다는 희망이 생겼기 때문이라고 보고 있습니다."

"4대 세가니 뭐니 하면서 보이지 않는 벽이 있었으니까.

그게 없어진 것만으로도 자신의 실력에 따라 충분한 인정을 받을 수 있는 길이 열린 셈이니, 달라질 수밖에."

"정확하십니다."

가람이 자리에서 일어나 창밖의 신교를 바라본다.

당장 눈에 보이는 신교 무인들의 숫자가 몇인가. 저들과 함께 살아가는 신교 식솔들이 몇인가.

수많은 이들의 목숨과 미래가 자신의 어깨에 놓여 있다고 생각하면 엄청난 압박을 받을 것이다.

실제로 얼마 전까지 압박감을 느끼고 있었고.

그런 압박감을 없애 준 것은 이곳까지 자신의 얼굴을 보기 위해 달려왔던 무황이었다.

그의 말 하나에 가람은 많은 부담감을 내려놓을 수 있었다. 실제로 그 뒤로도 일의 진행이 상당히 빨라지기 시작했고.

그렇게 잠시 창밖을 보던 가람이 자신의 자리로 돌아와 책상 밑을 뒤지더니 곧 책 하나를 올려놓는다.

"가지고 가."

"이건……?"

진우생이 고개를 갸웃거린다.

"가서 익혀. 완전히 새로운 무공이 되었으니까."

"그럼 이것이!"

깜짝 놀라면서도 흥분한 기색이 역력한 진우생.

그럴 수밖에 없는 것이, 얼마 전 가람의 명령으로 진우생은 자신의 무공을 그에게 건넸었다.

무공을 목숨으로 여기는 무인으로서 어렵지 않게 그럴 수 있었던 것은 그 상대가 가람이기 때문이기도 했지만, 기본적으로 그의 무공은 신교의 것이기 때문이었다.

즉, 능력만 된다면 신교 무인이라면 얼마든지 익힐 수 있는 무공 중 하나라는 것이다.

물론 그 능력을 갖추기 위해선 어마어마한 재능과 노력을 필요할 것이지만 말이다.

어쨌거나 그때 무공서를 받아가며 가람이 했던 약속이 더 강하고, 완벽한 무공으로 재탄생시켜 주겠다는 것이었다.

그리고 그 완성본이 마침내 그의 앞에 놓인 것이다.

"진짜 마공이 무엇인지 알게 될 거야. 당분간 폐관에 들어."

"……감사합니다."

고개 숙이며 무공서를 받아들고 빠르게 사라지는 진우생, 그리고 그 모습을 보며 피식 웃는 가람.

이것은 시작에 불과했다.

마공을 마공답게 만드는 것.

실수를 반복하지 않기 위해 적절한 선에서 제어를 하긴 했지만, 그래도 이전과 전혀 다른 무공이 되었을 것이다.

그리고 노력에 따라 얻을 수 있는 것도 명확히 달라질 것이고, 그 한계 역시 마찬가지.

4대 세가가 사라지며 빠져나간 무인의 숫자는 절대 적지 않았다.

이것만큼은 당장 어떻게 할 수 있는 일이 아니니, 내실을 확실히 다지는 수밖에 없었다.

'이제 시작이야.'

그 생각처럼 신교의 변혁은 지금부터가 진짜라고 봐야 했다.

백무곡(伯武谷).

그 이름은 이제 무림에서도 아는 사람은 손에 꼽힐 정도였다. 하지만 그 이름을 아는 사람들은 다른 사람들에게 말할 기회가 있을 때마다, 똑같은 말을 하곤 했다.

"중원 무림이 숨겨 둔 비장의 한 수."

그야말로 기인들이 모여 만든 곳이며, 과거 무림에 모습을 드러낼 때마다 엄청난 활약을 펼쳤던 자들이 집결한 곳.

오직 무공에 대한 것만으로 머릿속이 꽉 찬 자들이 가득한 곳으로, 사람들의 발걸음을 허락하지 않는 곳.

수많은 수식어가 따라다니긴 하지만, 결과만 놓고 본다면 비장의 한 수는 맞으나 이걸 휘두를 수 있는 사람이 없다는 것이 문제였다.

그 누구와도 거래하거나 외부에 관심을 두지 않으니, 당연히 위급할 때 도움을 청할 수 없었다.

그동안 백무곡의 이름을 알렸던 이들은 자신의 실력을 확인하기 위해 나왔다가, 활약하게 된 자들이었다. 만약 그런 자들이라도 없었다면 백무곡의 이름을 아는 자들은 존재하지 않았을 것이다.

거대한 숲.

사람의 흔적이라곤 조금도 찾아볼 수 없는 그 숲의 가장 은밀한 곳에 거대한 절벽이 자리 잡고 있었다.

아니, 계곡이라 불러야 하는 것이 옳으리라.

기이하게 땅으로 푹 꺼진 채, 엄청난 깊이를 자랑하는 그곳. 동물조차 이곳을 두려워하며 접근하지 않는 이 계곡 안에 백무곡이 자리 잡고 있었다.

빛 한 점 들어오지 않을 것 같은 계곡 안쪽이지만, 의외로 빛이 잘 들어온다. 그리고 크진 않으나 잘 지어진 건물들이 곳곳에 자리하고 있었다.

계곡의 한쪽으로 흐르는 작은 개울까지.

고립된 것이나 마찬가지라는 점을 빼면 부족한 것이 없어 보였다. 식량 문제만 해결이 된다면 말이다.

"이젠 너와 나, 둘밖에 남지 않았구나."

쓰게 웃는 노인.

백발에 백미, 백염. 신선으로 불러도 부족함이 없을 외관. 그런 노인의 앞에는 무릎을 꿇은 채 조용히 경청하고 있는 사내가 있었다.

겨우 약관을 넘었을까? 한참 어려 보이지만 머리카락 사이로 드러나는 눈빛은 맑고, 깊이를 헤아릴 수 없었다.

"우리는 너무 오랜 시간 동안 잡을 수 없는 것에 매달렸을지도 모르겠구나. 그렇지 않았다면, 이렇게까진 되지 않았을 것을."

후회하는 사부의 말에 사내, 연기태는 고개를 저었다.

"아닙니다. 사부님과 많은 분이 계셨기에 제가 있을 수 있었고, 지금의 백무곡이 있는 것입니다. 백무곡의 이름은 제 손으로 반듯하게 다시 세우겠습니다."

"아니, 그럴 필요 없다."

단호한 사부의 말에 연기태가 움찔거린다.

그런 제자를 향해 부드러운 미소를 지으며 노인은 말했다.

"백무곡은 내 대에서 끝이다. 너는 자유롭게 살도록 해라. 백무곡이라는 이름에 묶이지 말고, 네가 하고 싶은 것을 하면서 살도록 해라."

"백무곡은 제 모든 것입니다. 절 거둬 주셨고, 절 키워 주셨고……"

"안다. 알기에 그러는 것이다. 넌 더 많은 것을 배우고, 경험할 필요가 있다."

"사부님."

"가거라. 내, 친구가 많지는 않으나. 그중에서도 가장 믿을 수 있는 녀석에게 널 부탁했으니, 녀석이 널 가르칠 것이야."

"사부님!"

깜짝 놀라는 연기태를 향해 기습적으로 지풍을 날리는 노인.

픽!

덜썩!

갑작스러운 일이었기에 제대로 방어도 못 한 연기태가 쓰러진다.

"경험이 부족하구나. 무인이란 아는 사람과 함께 있어도 언제든 준비를 하고 있어야 하는 존재다. 그러니…… 부디 인생을 즐기다 천천히 오거라."

쓰게 웃으며 자리에서 일어난 노인은 연기태의 몸을 억지로 가부좌를 틀게 하고선, 그의 뒤에 앉았다.

등에 손을 댄 채.

"정도맹 주최의 잠룡비무대회라……."

가람은 눈앞에 놓인 보고서를 보며 고민에 빠진 듯 손가락으로 허벅지를 두드린다.

얼마 전이었다면 좋다고 몰래 출전을 감행했었겠지만, 정도맹주인 무황과 가볍게 손을 섞은 뒤로 완전히 잊고 있었다.

잊은 것은 문제가 없지만 지시한 명령을 거두는 것도 잊었다는 것이 문제였다.

결국, 가람의 지시대로 움직인 결과가 잠룡비무대회였다.

"흠……."

굳이 이번 대회에 참가할 생각은 전혀 없었다.

참가한다고 해서 무황과 싸울 수 있는 것도 아니고, 자칫 더 큰 문제로 번질 수도 있으니까.

암왕을 죽이며 사고를 치긴 했지만, 그건 정말 우연히 벌어진 사고일 뿐. 천마신교가 중원으로 향하기엔 아직 부족한 점이 많다는 것을 가람 역시 잘 알고 있었다.

진정한 마공을 보급하기 시작한 것도 얼마 되지 않았다. 이들이 제대로 그 힘을 펼치기까진 적어도 1, 2년은 기다려야 할 것이다.

그것도 빠르게 진행이 된다면 말이다.

본래 익히고 있던 무공에 힘을 불어넣은 것뿐이지만, 이전과 전혀 다른 무공이 되었다는 사실은 변하지 않으니. 모두가 당분간은 고생할 터다.

고생한 만큼 그 대가가 돌아오긴 하겠지만.

어쨌거나 잠룡비무대회를 두고서 고민하는 것은, 몰래 참가하려고 하는 것이 아니라 궁금증이 생겼기 때문이었다.

정파 무인들의 실력이 어느 정도인지에 대한.

암왕과 싸우며 대략적인 실력은 파악했다. 암왕이란 이름이 아깝지 않은 실력임은 분명했지만, 자신에겐 되지 않았다.

무황은 전력으로 손을 나눈 것은 아니지만, 만만한 상대는 아니었다.

문제는 이 모든 것이 자신을 기준으로 하고 있다는 것이다. 큰 싸움에서 자신이 차지하는 역할은 분명 크다.

하지만 실상 가장 치열한 싸움을 벌이는 것은 밑의 수하들이지 않은가.

전쟁터에 오래 떠돌면서 수도 없이 느꼈던 것이었다.

장수의 기세에 따라 승리하기도 했고, 패하기도 했었다. 여기에 장수의 기세가 아무리 좋아도, 수하들이 따르지 못하면 졌고, 반대의 경우도 적잖아 있었다.

뭐가 되었건 밑이 단단해야 위에서 원하는 대로 움직이는 것이다.

그걸 알기에 가람도 마공을 개량해서 보급하는 것이었고.

"쯧. 궁금하기야 하지만, 지워야겠지."

좋은 기회긴 하지만, 지금으로선 움직일 생각이 없었다. 개량한 마공을 익히기 시작한 사람이 한둘이 아니었다.

그들을 돕고 제대로 익히게 해줘야, 훗날 자신에게 큰 도움이 될 것이었다.

여기에 자신의 수련도 중요했고.

당분간 중원으로 가는 일은 없을 것이다.

그렇게 생각했다.

적어도 며칠 뒤 도착한 편지가 아니었다면 말이다.

"……무리한 부탁이라는 건 알지?"

탁재형이 긴 한숨을 내쉬며 말하자, 반대편에 앉은 사내가 고개를 끄덕인다.

"나도 녀석이 정확히 무슨 일을 하는지는 몰라. 다만 연락을 취할 방법을 아는 것뿐이지. 그것도 정확한 것인지는 모르고."

"그걸로 충분해. 녀석에게 받아야 할 것이 있어. 그걸 위해서 여기까지 먼 거리를 달려온 거고."

"쯧⋯⋯."

사내의 말에 탁재형은 혀를 차며 승낙했다.

작은 단서 하나에 매달려 자신을 찾아 수천 리 길을 마다하지 않고 찾아온 전우였다.

그런 전우의 부탁을 매몰차게 거절할 수 없었다.

여기에 나쁜 의도가 있는 것도 아니니 더더욱.

일이 이렇게 된 것은 근근이 연락을 취하던 전우들에게 녀석의 소식을 전하면서 시작되었다.

전우 중에는 녀석에게 구함을 받은 경험이 없는 자가 없었다. 비록 몇 되지 않는 숫자지만 다들 반가워했었다.

그러다 눈앞의 사내에게 이야기가 들어가게 된 것일 터다.

"일단 연락은 해보지. 그동안 여기서 머물러. 굳이 돈 쓰고 다닐 필요는 없잖아?"

"음⋯⋯ 신세를 지지."

사내의 몰골은 말이 아니었다.

이대로 쫓아낸다면 기다리는 동안 노숙을 할 것이 뻔했기에, 탁재형은 그를 집에 머물게 했다.

아직 비월문에서 이사하기 전이라 다행이었다.

객이 머물 방은 많았으니까.

"연락은 해보겠지만, 확답은 할 수 없다는 것 알지?"

"물론."

"좋아. 빠르게 연락만 된다면야…… 녀석도 신지 네 소식에 반가워할 거야."

"그러면 좋고."

신지라 불린 사내가 웃었다.

전쟁터에서 같은 부대에 소속되었던 자들은 무수히 많았다. 그리고 그들 중 살아서 고향으로 돌아간 자는 손에 꼽을 정도로 적었다.

그만큼 많은 사람이 죽은 싸움의 연속이었다.

특히 가람이 소속되었던 곳은 최전방이라 하루에도 몇 번이고 싸움에 나서야 할 정도로, 극악한 환경이었다.

자의 반 타의 반으로 끌려와 무사히 고향으로 돌아가기 위해 얼마나 노력했던가.

처절한 몸부림 끝에야 자유를 얻어 고향으로 돌아간 자들.

급작스럽게 날아든 편지는 그런 자유를 얻어 고향으로 돌아간 사내에게서 온 것이었다.

"신지라……"

굳은 얼굴의 가람.

신지와는 같은 부대였지만, 큰 친분은 없었다. 그가 나쁜 사람이라는 것이 아니다.

그는 타인과 잘 어우러지는 성격이 아니었고, 덕분에 몇 번이나 목숨을 구해 준 가람에게나 가끔 말을 걸 뿐 다른 이들과는 큰 대화가 없었다.

그렇기에 어떻게 보면 그가 어렵게, 어렵게 탁재형을 찾아가 자신과 연락을 취한 것이 신기할 지경이었다.

"찾아가는 건 어려운 문제가 아닌데……."

그가 자신을 찾는 이유를 가람은 잘 알고 있었다. 또한 언제고 자신 역시 그를 찾아야 한다는 것도.

서로를 찾는 일이니 단숨에 달려가 만나면 될 일이지만, 그게 또 생각처럼 쉬운 일이 아니었다.

당장 신교 내부에 여러 일이 펼쳐져 있다곤 하지만 잠시 시간을 내지 못할 정도도 아니었다. 자신의 걸음이라면 단숨에 탁재형이 있는 곳까지 갈 자신도 있었고.

"흐음……."

긴 고민 끝에 가람은 자신의 처소로 향한다.

화려한 장식이라곤 찾아볼 수 없는, 간결하고 단아한 침실. 그곳에서 오래된 함을 하나 꺼내 든다.

중원을 향하며 가져왔던 것들을 혹시나 잃어버릴까 싶어 정리해놓은 것으로, 비싼 물건은 없지만 다들 나름의 가치가 있는 것들이었다.

몇 안 되는 물건 속에서 가람이 집어 든 것은 낡은 반지였다. 화려한 장식이라곤 찾아볼 수 없는 평범한 원형의 반지.

길거리에서도 쉽게 볼 수 있는 그것을 바라보던 가람은 반지를 품에 넣었다.

"언제고 해야 했을 일. 이번 기회에 확실히 매듭을 지어 두자."

모종의 결심을 내린 가람은 그 길로 전대 천마인 도선광을 찾았다. 자신이 없는 동안 빈자리를 부탁하기 위해서였다.

"허허, 한발 물러난 늙은이를 너무 부려먹는 것은 아니냐?"

"죄송할 따름입니다."

"되었다. 생각이 있으니 중원으로 향하는 것일 테지. 중요한 결정은 내 손으로 내릴 수 없겠지만, 최대한 매끄럽게 일을 처리하고 있으마. 내가 어설프게 손을 대는 것보단 그게 나을 테니."

"감사합니다."

그의 승낙에 가람은 고개 숙여 인사하곤 자리에서 일어서려고 했지만, 그보다 먼저 도선광이 붙들었다.

"이번 중원행이 위험한 일인 것은 아니겠지?"

"예. 잠시 볼일만 보고 빠르게 돌아올 생각입니다. 그렇지 않아도 흐름이 바뀌기 시작한 중원 무림이니, 더 건드릴 필요는 없다 봅니다."

"흠…… 그렇다면……."

잠시 말을 끌던 도선광이 조심스레 말을 잇는다.

"선화를 데리고 가지 않겠느냐? 원래 중원에서 살던 녀석이라 그런지, 본 교의 생활을 답답하게 여기는 것 같더구나. 이번 기회에 기분 전환도 하고. 어떠냐?"

"그건……."

"역시 안 되겠지? 그래, 안 될 거야. 내가 괜한 이야기를 했나 싶구나! 허허허!"

가람의 말이 시작하기도 전에 재빨리 말을 끊으며 안 된다고 큰 소리로 이야기하는 도선광을 보며 가람이 의아하게 여긴다.

하지만 정작 도선광은 필사적이었다.

'내 눈에 흙이 들어가기 전까지는 안 된다! 아직 손녀의 모습을 제대로 눈에 담지도 못했는데, 시집이라니! 안 된다!'

어딘지 모르게 강하게 불타오르는 도선광의 눈을 보며 가람은 고개를 끄덕이며 동의했다.

"……이번엔 아쉽지만 어려울 것 같습니다. 촉박하게 다녀올 생각이라, 수하들도 대동하지 않을 예정입니다."

"그래? 그렇다면야!"

가람의 확언에 크게 웃으며 고개를 끄덕이는 도선광을 보며 가람은 고개를 갸웃거리다 자리에서 일어섰다.

"그럼 잘 부탁드리겠습니다."

"다녀와라! 허허허!"

웃으며 가람을 떠나보내는 도선광.

가람의 신형이 멀리 사라진다 싶을 때였다.

"할아버지!"

쾅-!

날카로운 목소리와 함께 문을 부수며 들어온 도선화의 얼굴이 새빨갛다.

"아쉽지만 안 된다는구나. 허허허."

"저도 들었어요! 그것보단 그게 무슨 말투예요! 은근히 물어보라고 했잖아요! 게다가 대답도 전에 안 된다니……!"

"허허, 늙으니 귀가 어두워져서."

그녀의 얼굴을 애써 외면하며 도선광이 종종걸음으로 자리를 옮기고, 도선화가 크게 한숨을 내쉬며 그 뒤를 따른다.

그녀라고 해서 어찌 할아버지의 마음을 모르겠는가. 그저 작은 투정이었을 뿐이다.

"다음엔 꼭……."

그러면서 가람이 사라진 방향을 보며 주먹을 꼭 쥐는 그녀. 그 뛰어난 재능을 바탕으로 도선화는 빠른 속도로 도선광의 모든 것을 받아들이는 중이었다.

도선광이 놀랄 정도로 말이다.

아직은 어렵겠지만, 시간이 조금만 흐른다면 그녀의 실력만으로 충분히 가람의 곁에 설 수 있을 날이 오리라.

'그때가 되면 막고 싶어도 못 막겠지.'

싫은 듯하면서도 그날이 오길 기다리며 먼저 걷는 도선광은 싱긋 웃었다.

'그래도 그 전엔 어림도 없다, 녀석아!'

"할아버지, 같이 가요!"

❖ ❖ ❖

퍽! 퍽!

거친 땅을 파내고, 돌을 골라낸다.

황무지를 개간한다는 것은 쉽지 않은 일이지만, 그만큼 해내고 난 뒤엔 성취감이 따른다.

"후!"

길게 숨을 토해 내며 얼굴에 가득한 땀을 닦아 내는 탁재형. 그의 곁으로 신지가 물이 가득한 주머니를 건넨다.

"고마워."

받아들기 무섭게 한가득 들이키는 그.

"여길 전부 개간할 생각이야?"

"어. 주변에 싼 땅이 여기뿐이더라고. 개간하는 데 힘이 들기야 하겠지만, 일단 해놓고 나면 괜찮을 것 같아. 멀지 않은 곳에 물이 있으니……."

"다른 사람이 어디 몰라서 안 했겠어? 힘드니까 안 했지."

"힘이야 남아도니까."

담담하게 대답하는 탁재형을 보며 신지는 고개를 흔들며 주변을 본다.

마을에서 제법 떨어진 거리에 있는 거대한 황무지.

분명 땅은 크지만, 크고 작은 돌이 눈에 보일 정도로 엉망인 땅이다. 작물을 키우기 위해 개간을 해야 하는데, 어지간해선 쉽지 않은 작업으로 보였다.

돈이 많으면 인부를 고용해 쓰면 될 일이지만, 그것도 쉽지 않은 일이니 영락없이 탁재형 혼자서 해내야 한다는 이야기다.

힘든 일이지만 구슬땀을 흘려가며 일을 하는 녀석을 보고 있자면 뭔가 울컥하는 것도 있지만, 신지는 끝내 입을 열지 않았다.

그저 옆에서 그의 일을 돕기만 할 뿐.

그렇게 시간이 흘러 연락을 취한 지 정확히 열흘째 되는 날.

"오랜만입니다, 탁 형님."

"가람아!"

그늘 밑에서 간단한 주먹밥으로 점심을 때우던 탁재형을 부르며 다가서는 가람을 보며 반가이 달려가는 탁재형.

옆에 앉아 있던 신지가 주춤거리며 자리에서 일어선다.

그런 신지를 보며 고개 숙여 인사를 한 가람은 탁재형과 가볍게 이야기를 나누고선 신지의 앞에 섰다.

"오랜만이다."

"음. 와 줘서 고맙다."

"어차피 봤어야 하는 일이니까."

가람의 말에 굳은 얼굴의 신지가 고개를 끄덕이고. 분위기가 심상치 않음을 깨달은 탁재형은 아직 일이 덜 끝났으니, 두 사람끼리 이야기하라며 자리를 피해 준다.

아무렇지 않게 신지의 옆에 주저앉는 가람.

그 모습을 보던 신지가 조심스레 입을 열었다.

"넌…… 무림인이 되었구나."

"응?"

"곳곳에 배어 있는 살기는 전쟁터에 다녀온 놈들이라면 숨길 수 없어. 저 녀석도 아직 살기가 은은하게 남아 있어. 그런데 너에게선 아무것도 느껴지지 않아. 그렇다는 건 무공을 제대로 익혀 살기를 조절할 수 있다는 뜻이겠지. 전쟁터에서도 특별하다고 생각했지만…… 어쩌면 넌 더 대단한 놈일지도 모르겠네."

"그걸…… 알아봐?"

솔직한 말로 가람은 깜짝 놀랐다.

아무런 생각 없이 살기를 제어하고 있었는데, 그걸 골자로

해서 자신이 지금 무얼 하고 있는지 유추할 수 있을 것이라곤 생각지도 못했던 까닭이다.

아니, 이제까지 이런 식으로 맞히는 사람이 아예 없었다.

그런 가람의 눈빛에 신비는 쓰게 웃으며 고개를 저었다.

"먹고 살기 위해 익힌 얄팍한 방법의 하나지. 사람의 심리를 잘 이용해야 돈을 벌 수 있거든. 그리고 상대의 직업을 최대한 제대로 알아야 아슬아슬한 선에서 멈출 수 있고."

"너……."

"이상한 생각 마. 점술로 먹고사는 것뿐이니까. 적당히 사주관상을 보고 사람들이 바라는 답을 해 주는 게 가장 벌이가 좋거든."

"흠……."

그의 말에 가람은 고개를 저었다.

전쟁터에서부터 유난히 감이 좋았던 그였다. 덕분에 각종 내기에 빠지지 않았고, 가끔은 남들의 관상을 봐주기도 했었다.

그때의 경험을 바탕으로 직업으로 삼은 것이다.

"어쨌거나 길게 이야기할 필요는 없지. 네가 뭘 하든 나랑은 상관없는 이야기고, 네 시간을 길게 뺏기도 뭐하니까."

"나쁘지 않지."

그의 제안에 가람은 즉시 고개를 끄덕이곤 품에서 낡은
반지를 꺼내 들었다.

그걸 본 신지의 두 눈이 크게 흔들린다.

가람이 봐도 알 수 있을 정도로 아주 크게.

"이걸 받으러 온 거겠지?"

"……맞아. 네가 가지고 있을 줄 알았어. 녀석의 마지막
을 곁에서 지켜 줄 사람은 너밖에 없었으니까."

"원망하지 않겠다더군."

"……"

가람의 뜬금없는 한마디.

하지만 그 한마디에 신지는 입을 다물었다. 그리고 곧 떨
어지는 눈물.

주룩-.

말없이 눈물을 흘리는 그를 보며 가람은 아무 말도 하지
않았다. 그저 반지를 매만질 뿐.

여기엔 작은 사연이 있었다.

원래 반지의 주인은 왕삼이라는 사내였다. 왕삼과 신지
는 같은 마을 출신으로 동갑내기 친구가 어찌어찌 같은 곳
으로 오게 된 것이다.

둘은 서로에게 기대 힘을 내며 사선을 드나들었다.

문제가 있다면 두 사람이 같은 마을 출신이고 나이가 같
다보니, 우연히도 같은 여인을 사랑했을 뿐이었다.

그리고 그 여인의 선택은 왕삼이었다.

그에 실망해 다른 곳으로 보직을 변경했다가, 지옥 같던 전쟁터를 떠나게 되었다.

한참을 떠돌다가 고향으로 갔을 때 들은 소식은 왕삼이 죽었다는 것과 아직도 그녀가 혼자 있다는 것이었다.

오랜 시간을 들여 그녀의 상처를 치유했다.

친구의 여자가 된 그녀를 자신의 짝으로 만들 생각은 없었다. 그건 죽은 친구에게 못 할 짓이라고 여겼으니까.

하지만 어디 사람 마음이 그렇겠는가.

결국, 서로를 보게 된 두 사람이기에. 그렇기에 신지는 가람을 찾았다.

자신이 아는 왕삼이라면 무엇이라도 남겼을 것으로 생각했기 때문이었다. 그것이 원망이든 무엇이든 간에.

"잘 살라고 하더군."

"……마지막은?"

"재수가 없었어. 화살이 심장을 찔렀거든. 운이 좋아서 유언을 남길 수 있었지만, 그뿐이었어. 하지만…… 말 그대로 운이 좋았지. 최소한 유언은 남길 수 있었으니까."

가람의 말대로였다.

수많은 이들이 죽어가는 전쟁터에서 마지막 순간 유언을 남길 수 있는 사람은 거의 없으니까.

그리고 그 유언을 제대로 전달해 줄 사람도 없다고 봐야 한다. 보통은 죽거나, 전쟁터의 기억을 꺼내고 싶지 않아 하니까.

"그래……"

"이건 녀석이 주는 마지막 선물. 다른 건 다 괜찮은데, 이걸로 예쁜 신발이라도 하나 장만해 주라고 하더군. 새로운 마음으로 마음껏 뛰어다닐 수 있게."

"그래, 그런가……."

가람에게서 선네받은 반지를 소중히 매만지는 신지.

그 모습을 보던 가람이 자리에서 일어서려는 그때였다.

"무, 물…… 물 좀 주……."

덜썩!

사람 하나가 쓰러졌다.

비틀거리는 걸음으로 다가온다 싶더니 말이다.

그 모습을 본 탁재형이 황급히 달려가고, 가람은 혀를 차며 느긋하게 움직인다.

쓰러진 자의 입장이야 둘 치고, 이제 가야 할 때였다.

최소한 탁재형에게 인사는 하고 가야 하니까.

꿀꺽! 꿀꺽!

탁재형에게 다가가니, 쉬지도 않고 물을 마시는 사내가 있었다. 이제 겨우 약관을 넘었을까 싶은 사내.

어쩌면 자신과 비슷한 나이일 수도 있지만, 가람은 개의치 않고 탁재형을 불렀다.

"탁 형님. 오늘은 바빠서 이대로 갑니다. 다음에 제대로 이야기해요."

"아, 그래. 미안하다. 이런 부탁을 해서."

"뭐, 어렵지도 않은 부탁……."

"어! 마인이다!"

가람의 말을 끊으며 막, 물을 다 마셔 버린 사내가 눈을 크게 뜨며 가람을 바라본다.

"뭐지? 왜 이런데 마인이 있지? 아니지. 내가 착각한 건가? 아닌데?"

연신 코를 킁킁대며 자신의 좌우를 바라보는 사내를 보며 가람은 이상함을 느껴야 했다.

'뭐지?'

처음엔 그게 뭔지 알 수 없었다.

그런데 일단 의심을 하고 바라보자, 곧 알 수 있었다. 그에게선 불쾌한 기운이 강렬하게 풍기고 있었다.

사람 자체가 나쁘다는 것이 아니었다.

그의 몸에서 풍기는 기운이 완벽하게. 아주 완벽하게 자신의 상극이었다.

'어지간한 항마의 기운으로도 이런 느낌이 들지는 않을 텐데?'

가람의 생각이 더 길어지기 전에 사내가 자리에서 일어서더니, 탁재형을 향해 고갤 숙였다.

"감사 인사가 늦었습니다. 고맙습니다. 덕분에 기운을 차릴 수 있었습니다. 길을 잃는 바람에 며칠을 헤맸는지 생각도 안 납니다. 제가 약간 길을 잘 못 찾기는 하지만, 이런 적은 정말 처음이었습니다. 어딜 가도 길은 안 나오지, 물은 떨어졌지. 아무리 그래도 물을 구하기 이렇게 어려웠던 건……"

"자, 잠깐만요. 물은 여기서 조금만 가면 충분히 흐르고 있습니다. 게다가…… 이 낮은 산에서 길을 헤매고 있었다고요?"

당황한 탁재형의 물음에 사내는 웃으며 고개를 끄덕인다.

그 모습에 탁재형은 당황하지 않을 수 없었다. 동네 어린아이라도 쉽게 나올 수 있을 정도로 쉬운 산이었다. 사람이 워낙 자주 오가니, 위험한 동물도 없고 말이다.

그런 곳에서 며칠을 헤맸다는 것이 쉽게 믿어지지 않았다.

"그보다 마인이 여긴 왜 있는 거지? 당신. 마인이지? 그렇지? 맞지? 사부님 말씀에 따르면 마인을 만나게 되면 단전이 근질근질하고, 심장이 벌렁벌렁하게 될 거라고 했거든? 그런데 지금이 딱 그 모양이란 말이지. 오래전 사부가 말하길 중원에서 마인을 만났을 때……"

"수다스러운 놈이로군."

"뭐, 내가 말이 좀 많기는 해. 사람이 없는 곳에서 자라다 보니, 혼잣말이 늘더라고. 이게 또 재미가……."

"그만하지."

재빨리 놈의 입을 막는 가람.

가만히 두고 보자니, 그냥 두면 며칠이고 이야기를 끝내지 않을 것이 뻔해 보였다.

듣고 있는 게 문제가 아니었다.

놈에게서 느껴지는 불쾌감이 시간이 지날수록 강해지고 있다는 게 문제였다.

그런 가람의 상태를 눈치 챈 것인지 사내가 히쭉 웃는다.

"기분 나쁘지? 그럴 수밖에. 무림 최강의 항마 무공을 익힌 게 나니까."

"항마 무공이라? 소림이냐?"

"보통 그렇게 생각할 거라고, 사부님이 말씀하셨지. 사부님이 말하길 무림에서 항마공으로 가장 대단한 힘을 발휘하는 것은 역시 소림이라 하셨지. 무당이나 화산도 나쁘지는 않지만 역시 소림에 비하면……."

"후!"

이쯤 되면 일부러 이러는 것인가 싶을 정도다.

게다가 교묘하게도 놈은 자신의 목소리에 내공을 미약하게 싣고 있었다. 즉, 말하는 것만으로 항마의 기운을 사방에 전달하고 있는 것이다.

이건 놈의 도발이나 마찬가지였다.

"놈. 죽고 싶은 모양이로구나."

쿠오오오-.

가람의 몸에서 풍기던 기세가 돌연 바뀌더니 단숨에 사내를 제압하기 위해 움직인다.

그에 맞춰.

후욱!

따뜻한 바람이 분다 싶더니, 사내의 몸에서 막대한 기운이 흘러나오며 가람의 기운과 완벽하게 대치한다.

"역시 마인은 성격이 급하다니까. 은인이 계셔서 적당히 넘어가려고 했는데 말이야. 사부님이 말하길 마인은……."

"쯧. 탁 형님. 아무래도 이번엔 정말 여기까지인 모양이오. 다음에 시간이 나는 대로 찾아오겠습니다."

"……그래."

대충 상황을 눈치 챈 그가 고개를 끄덕이자, 가람은 뒤편의 신지에게 눈으로 인사하곤 곧 놈에게 말했다.

"따라와."

파앗!

놈이 뭐라 말하기도 전에 빠르게 몸을 날리는 가람. 그런 가람의 뒤를 보던 사내가 정중히 탁재형에게 고개를 숙이곤 곧 뒤를 따른다.

사람의 인적이 드문 곳에서 멈춰선 채, 마주 선 두 사람.

"너. 이름은?"

"에이, 그런 건 묻는 사람이 먼저 자기소개를 해야 하는 것 아닌가? 사부님이 말씀하시길……."

"이제 그 장난질은 그만두는 게 좋을 것 같은데? 통하지 않는다는 걸 알 텐데?"

그 말에 사내는 어깨를 으쓱이더니 이제까지 웃던 얼굴을 싹 지우고, 굳은 얼굴로 묻는다.

"넌 누구지?"

"내가 먼저! 물었을 텐데?"

목소리를 높이는 가람을 보며 긴 한숨을 내쉰 사내가 입을 열었다.

"연기태. 백무곡의 후계자다."

"백…… 무곡?"

"그래. 백무곡."

얼굴을 찌푸리는 가람.

뭔가를 알기에 찌푸리는 것이 아니었다. 오히려 반대로 백무곡에 대한 아무런 정보가 없기 때문이었다.

자신이 불쾌하게 여길 정도로 강렬한 항마의 기운을 지녔다. 그 말은 실력이 부족한 자들은 자신도 모르는 사이에 상대의 뜻대로 움직일 수도 있다는 것이다.

그 끝이야 처참할 것이 뻔하고.

그렇기에 쉽게 이해할 수 없었다.

백무곡이란 이름이 왜, 자신이 외워야 했던 문파 목록에서 없었던 것인지.

하지만 이건 가람의 오해였다.

백무곡이 워낙 오랜 시간 활동을 하지 않다 보니 자연스럽게 잊혔고. 그사이에 문파 목록이 경신되면서 사라졌을 뿐이었다.

보통이라면 최소한의 기록이라도 남았어야 정상이지만, 이젠 중원 전체에서도 백무곡의 이름을 기억하는 사람이 몇 없을 정도였으니까.

어찌 보면 당연한 결과였을지도 모른다.

차라리 황금성처럼 손에 쥘 수 있는 무언가가 있었다면 기억하는 이들이 많았을 것이지만, 백무곡은 그런 것도 없지 않았던가.

"못 들어본 이름이로군."

"……쩝."

가람의 솔직한 말에 연기태는 입안이 썼다.

백무곡이 활동하지 않은 지 오래긴 했지만, 설마하니 마인들까지 자신들을 잊었을 것이라곤 생각하지 못했다.

솔직히 저 정도 수준의 마인이라면 백무곡에 대해 알고 있을 것이란 작은 기대가 없었던 것도 아니었다.

"뭐, 상관없어. 이제 귀가 아플 정도로 듣게 될 거거든."

사부는 백무곡의 이름을 잊지 않을 것을 신신당부했지만, 정작 연기태는 그럴 생각이 조금도 없었다.

자신의 모든 것이라 할 수 있는 백무곡.

그걸 지운다는 것은 곧 자신을 지우는 일이라 할 수 있었으니까. 그렇기에 연기태는 이번이 기회라고 생각했다.

비록 이름은 알 수 없지만, 저런 실력의 마인이라면 중원에서도 그 이름이 높을 것이 분명했다.

그런 자를 처리한다면 자신의 이름이 높아질 것이고, 다시 한 번 백무곡의 이름이 중원 전역에 알려지게 될 터였다.

조금 멍청한 구석이 있는 것처럼 보이는 외모와 달리, 그는 그 짧은 순간 머릿속으로 많은 것을 생각해 놓은 뒤였다.

그리고 그건 아주 좋은 계획처럼 보이긴 했다.

상대가 가람이 아니었다면 말이다.

"어쨌거나 날 따라왔다는 것은 그냥 갈 생각이 없다는 거겠지?"

"물론."

"실력에 자신은 있고?"

"얼마든지."

자신감 가득한 연기태를 보며 가람은 피식하고 웃었다. 그와 동시에.

쿠웅!

검은 마기가 그의 몸에서 뿜어져 나와, 단숨에 사방을 집어삼킨다.

"그럼 해봐."

"헉!"

온몸을 짓누르는 엄청난 마기에 절로 무릎이 휘청했던 연기태는 재빨리 몸을 바로 세웠다.

그러자.

우우우!

그의 몸 주변이 금빛으로 물든다 싶더니, 마기를 물리치기 시작했다. 완벽한 상극의 기운.

'재미있군.'

그 모습에 가람의 눈에 이채가 서린다.

백무곡이 무얼 하는 곳인지 확실히는 모르겠지만, 확실한 사실 하나는 그들의 무공이 완벽한 항마공이라는 사실이었다.

보이는 것 이외에도 숨겨진 것이 더 있어 보이긴 하지만, 중요한 건 가람이 아는 한 최고의 항마공이라는 것.

자신의 마기를 약간의 힘으로 물리칠 정도라면, 다른 사람은 상대도 되지 않았을 것이 분명했다.

실력만 두고 본다면 사실 연기태는 가람이 마음먹는다면 순식간에 그 목을 벨 수 있을 터였다.

그러지 않은 까닭은 크게 두 개.

하나는 그가 익힌 항마공에 호기심이 생겼기 때문이고, 남은 하나는 그가 또 하나의 호적수가 되어 줄 것 같다는 느낌이 강하게 들었기 때문이었다.

무황 정도가 아니라면 가람의 상대는 없다.

그런 상황에서 아직 다듬어지지 않은 연기태의 등장은 상당히 반가웠다. 더불어 비슷한 나잇대이지 않은가?

정상에 홀로 올라 쓸쓸하게 주변을 살피는 것보단, 비슷한 위치에서 다른 이와 함께 주변 광경을 보는 편이 더 재미있을 것이었다.

'이전이었다면 목을 베었겠지만……'

확실히 이전이었다면 자신의 적이 될 사람은 살려두지 않았을 테다.

그게 바뀌기 시작한 것은 얼마 되지 않았고, 진짜로 살려 둔 것은 그가 처음이었다.

"제대로 해보자!"

생각이 더 길어지기 전에 연기태가 자신의 검을 뽑아 들며 소리친다.

손때가 가득한 검은 오래되긴 했지만 날카롭게 벼려져 있었다. 그 예기가 상당한 수준에 오른 검.

그 검을 보며 가람도 천마검을 뽑아 들었다.

"와라."

그러면서 녀석을 향해 가볍게 도발하자, 연기태는 주저하지 않고 가람을 향해 달려들었다.

파밧!

눈앞에서 오가는 검을 최소한의 움직임으로 완벽하게 피해내는 가람. 발목을 중심으로 원을 그리며 몸을 탄력적으로 움직여 연기태의 검을 피해 낸다.

연기태도 시시 않고, 더 빠르고 강하게 검을 휘둘러오고 있었지만, 상대가 되지 않았다.

일단 상대를 잡을 수 있어야 하는데, 그게 되지 않는 것이다.

검을 익히고 난 뒤 이런 일이 처음인지라, 연기태의 얼굴이 일그러지지만, 그는 끝내 검을 휘두르는 것을 멈추지 않았다.

스컥!

검이 눈앞을 스쳐 지나가며 머리카락 몇 올이 떨어진다.

찰나의 순간 빠르게 타오르며 소멸하는 머리카락.

'이건…… 생각했던 것 이상인데?'

녀석의 기운이 마기와 대척점에 있다는 것은 알겠지만, 이렇게까지 최악일 것이라곤 생각지 못했다.

오죽하면 정말 미세하게 남았을 기운에 마기가 굴복하며 머리카락이 태워졌겠는가.

비슷한 양의 마기라면 도저히 이길 방법이 보이지 않을 정도였다.

대체 누가 이런 무공을 만든 것인지 궁금해질 정도.

더 재미있는 것은 연기태의 움직임 어디에서도 불가의 흔적이 남아 있지 않다는 것이었다. 아니, 정확히는 너무 복잡하게 얽혀 있어서 뭐가 뭔지 몰랐다.

불가, 도가 등의 냄새가 조금씩 남아 있었다.

여기에 진짜 정통 무공까지 뒤섞이며 서로의 흔적을 찾기가 너무나 어려웠다.

쩌엉-!

두 사람의 검이 부딪친다.

부딪치는 순간 가람이 강하게 압박을 하지만, 연기태 역시 내공을 크게 일으키며 대항한다.

'죽여?'

이 정도까지 위험하다면 사실 살려두는 것은 무리였다.

자신이 위험한 것은 둘 치고, 놈의 존재로 인해 자신의 수하들에게 어떤 영향을 주게 될 것인지 보지 않아도 알 정도였다.

'하…… 재수 없는 놈 같으니라고. 어딜 가도 이런 놈들이 판을 친단 말이야?'

머릿속이 복잡해지는 그때, 저 멀리서 느껴지는 강렬한 기운이 있었다.

"쯧."

정확히 이곳으로 향하는 기운에 가람은 짧게 혀를 차며 뒤로 물러섰고, 그걸 확인한 연기태가 재차 달려드는 그 순간.

"거기까지!"

우르르르……!

강렬한 목소리와 함께 한 사람이 모습을 드러내고, 재빠르게 연기태의 목덜미를 잡아 세운다.

"넌?"

"이거, 오랜만이로군."

무황이 어색하게 웃으며 가람을 향해 손을 흔든다.

무황의 등장에 가람의 얼굴이 절로 찌푸려진다.

왜 그렇지 않겠는가? 현 무림에서 자신의 앞을 막을 수 있는 유일한 인물인 그와 훗날 자신에게 충분히 대적할 수 있는 재능을 보유한 인물이 아는 사이였다니.

가람 입장에선 결코 반길 일이 아니었다.

호적수가 생긴다는 것은 좋은 일이지만, 어디까지나 계획을 방해하지 않는 선에서야 했는데…… 이건 자칫하면 자신을 잡아먹게 생겼다.

"서로 아는 사이일 줄은 몰랐군."

"뭐, 정확히 이야기하면 이 녀석의 사부를 알고 있다고 해야지. 나도 이 녀석은 처음 보거든."

웃으며 대꾸한 무황은 자신을 쳐다보는 연기태를 보며
말했다.

"내가 무황이다. 온다고 한 날짜가 언제인데, 이제야 오
는 것이냐. 그것도 약속 장소랑 한참 먼 곳에서."

"길을 잃었습니다. 그보다 사백께 인사드립니다. 연기태
라 합니다."

"쯧…… 하긴 네 사부도 길을 못 찾곤 했다만."

혀를 차며 간단한 인사를 나눈 무황은 다시 가람을 보며
말했다.

"오늘은 이 정도로 하는 게 어떤가? 이 녀석하고의 약속
이 틀어지는 바람에 다른 곳으로 이동하다가 우연히 찾게
된 것일 뿐이거든. 솔직히 말해서 너랑 여기서 다투고 있을
시간이 없기도 하고."

"내가 그냥 보낼 것 같나?"

"뭐, 안 보내겠다면 어쩔 수 없지만."

말은 그렇게 해도 그 두 눈에는 자신감이 가득하다. 들어
주지 않는다면 힘으로라도 그렇게 만들겠다는 그 눈빛에
가람은 웃었다.

"해봐."

쿠오오오-!

짧은 대꾸와 함께 가람의 몸에서 이제까지와 차원이 다
른 마기가 뿜어져 나오더니 단숨에 사방을 집어삼킨다.

숨을 쉬기 어려울 정도로 끈적한 마기의 습격에 연기태의 얼굴이 창백해지며 빠르게 대항하려고 했지만.

그 압도적인 전력의 차이 앞에선 제아무리 최고의 항마공을 익혔다 하더라도 쉽게 버텨 낼 수 없었다.

"컥, 컥!"

기침하며 괴로워하는 연기태를 보며 짧게 혀를 차며 단숨에 내공을 발산하는 무황.

쿠구구-.

무림 최고수인 두 사람의 기 싸움에 주변이 흔들리기 시작한다.

쩌적! 쩍.

땅이 갈라지고 돌이 허공으로 떠오른다.

기의 밀도가 높아지며 자연현상을 거스르기 시작한 것이다. 서로를 노려보며 기세를 늦추지 않는다.

가볍게 생각했던 일이 이렇게까지 되어 버린 까닭은 알 수 없지만, 가람은 여기서 물러서지 않을 작정이었다.

지난번에도 느꼈지만, 무황의 실력은 보통이 아니었다.

자신도 최선을 다해야 하는 상대. 여기에 두 사람이 쉽게 손을 잡게 만들 순 없었다.

앞으로의 일에 걸림돌이 되게 만들 순 없으니까.

될성부른 떡잎은 자라기 전에 베는 거다.

츠르릉-.

무황의 등장과 함께 넣었던 천마검이 손대지도 않았건만 절로 검집에서 반쯤 뽑혀 나온다.

우웅, 웅!

울음을 토해 내며 자신을 뽑아 들라고 강력하게 외치는 녀석을 쓰다듬으며 진정시키는 가람.

마음 같아선 당장이라도 검을 뽑고 싶지만, 아무래도 그렇게 될 것 같지 않았다. 천마검의 모습을 본 무황의 기세가 조금씩 줄어든다.

"쯧!"

츠즈즈-.

짧게 혀를 차며 무황에게 맞춰 기운을 거둬들이자, 순식간에 사방이 평온해진다.

투툭, 툭!

허공으로 떠올랐던 것들이 바닥에 떨어지고.

무황이 웃는 얼굴로 입을 연다.

"이쯤에서 그만하자고. 솔직히 말해서 여기서 싸워서 서로 좋을 건 없잖아?"

"흠."

가람의 불편한 얼굴 기색을 읽은 무황이 재빨리 입을 연다.

"나야 여기서 치고받고 싸워도 문제야 없지만, 넌 괜찮을까? 여기 중원 한복판이야. 과연 무사히 신교로 돌아갈 수 있을까? 네가 어떻게 되기라도 한다면 신교는 어떻게 되겠어? 안 그래? 어차피 적절한 시기에 우리는 싸우게 되어 있어. 그걸 굳이 오늘로 정할 필요는 없지 않겠어?'

장황하게 말을 하긴 했지만, 핵심은 오늘은 그만두자는 것이었다.

본래라면 가람 역시 그의 말에 동의할 터였지만, 역시 걸리는 것은 연기태였다.

연기태의 성장 가능성은 둘 치고, 놈의 항마공은 너무 위험했다. 가람의 눈빛을 빠르게 읽어 낸 무황이 재차 입을 연다.

"아직 어리잖아? 맛있는 건 나중에 먹는 게 좋다고."

"……내 또래다."

"……아."

가람의 짧은 대꾸에 잠시 잊고 있었던 것이 생각난 무황의 얼굴이 구겨진다.

자신과 대등한 실력을 지닌 가람이 아직도 한참 어린 나이라는 것을 잊고 있었다. 그만큼 그의 실력은 나이를 잊게 할 정도로 대단했다.

동시 그런 가람이 견제할 정도로 연기태가 뛰어난 것인지 잠시 생각해 본다.

생각은 길었지만, 결론은 금방 냈다.

"사정 좀 봐 달라고. 이제 겨우 무림에 나온 놈을 죽일 필요는 없잖아? 나도 그냥 있을 순 없고 말이야."

"내가 사정을 봐줄 필요가 있나?"

그 말처럼 가람이 굳이 사정을 봐줄 필요가 없다.

여기에 무황과 싸운다고 해서 두려울 것도 없었다. 그의 말처럼 훗날 싸울 것이라면 오늘 싸운다고 해서 달라질 것은 없으니까.

하지만 무황은 달랐다.

'아직은 아니야.'

냉정하게 생각하면 천마신교주를 잡을 수 있는 최고의 기회였다. 자신이 이곳에 있고, 멀지 않은 곳에 정도맹의 무인들이 여럿 대기하고 있었다.

가람을 잡기 위한 준비는 아니었지만, 싸우게 된다면 어떻게든 유용하게 쓰일 것이다.

정도맹을 다시 결성하게 된 원인이니만큼, 그를 제거한다면 귀찮은 일을 하지 않아도 된다.

여러 이득이 머릿속을 떠돌지만, 단숨에 지워 버린 무황이 선택한 것은 즐거움이었다.

'여기서 승부를 내기엔 내가 아쉽지. 얼마 만에 손을 나눌 수 있는 실력자가 나타났는데, 짧게 즐길 수는 없잖아?'

무황은 될 수 있으면 최대한 즐기고 싶었다.

자신의 모든 것을 쏟아낼 수 있는 상대가 눈앞에 있었다. 이런 곳에서 모든 것을 끝내기엔 너무나 아쉬웠다.

오랜 시간을 기다려온 만큼, 오랜 시간 즐기고 싶었다.

"워워, 참으라고. 우리가 즐길 수 있는 시간은 앞으로도 많아. 하지만 여기서 싸우게 된다면 결판을 낼 수밖에 없어. 그리되면 서로 즐기지 못하게 된다고. 이보다 큰 손해가 있을까? 강자는 고독한 법이라고."

"……."

무황의 말에 대답하지 않은 채 얼굴을 찌푸리는 가람.

그가 하는 말의 뜻은 알겠지만, 이대로 물러서기엔 문제가 많았다. 그런 가람의 기색을 눈치라도 챈 듯, 무황의 손이 빠르게 연기태를 향한다.

퍼퍽!

덜썩.

그의 지풍을 맞은 연기태가 자리에서 쓰러진다. 죽인 것이 아니라 수혈을 짚어 잠을 재운 것이다.

"녀석의 힘이 귀찮기는 하겠지만, 이런 것도 버티지 못하면 신교의 체면이 땅에 떨어지는 꼴 아냐? 굳이 이놈이 아니더라도 무림에 항마공을 익힌 녀석은 넘칠 정도로 많아. 뭐, 녀석이 좀 독특한 걸 익힌 건 사실이지만…… 혼자의 힘은 한계가 있는 법이지. 적어도 벽을 넘지 않는 이상은."

"쯧. 어쩔 수 없지."

스릉. 달칵!

반쯤 튀어나왔던 천마검을 밀어 넣는 가람.

그걸로 모든 이야기는 끝이었다.

"그럼 다음에 보자고."

웃는 얼굴로 연기태를 어깨에 메고 몸을 날려 사라지는 무황. 그 모습을 잠자코 보고 있던 가람이 몸을 돌린다.

❖ ❖ ❖

사황 태강호.

중원 무림에서 무황과 함께 최강의 이인으로 꼽히는 그는 사황성주로 벌써 몇 년째 모든 것을 수하들에게 맡겨두고 두문불출 수련에 열중하고 있었다.

환갑에 이른 나이지만 거대한 덩치와 폭발할 것 같은 근육은 어지간한 젊은이들을 뛰어넘는다.

몸 곳곳에 난 상처들이 잔인하다기보단, 귀엽게 보일 정도로 커다란 몸. 덩치만 생각하면 몸이 느리겠지만, 실제로 싸우면 그렇지 않았다.

누구보다 빠르고, 여우 같은 몸놀림을 보이는 것이 바로 사황이었다.

"어렵군."

자리에서 일어서며 쓰게 웃는 사황.

폐관실에 들어와 먹지도 않고 수련에만 몰두한 것이 열흘.

닿을 듯 말 듯 한 그 간질거림에 외부와의 접촉을 차단한 채 수련에 나섰지만, 벽을 넘을 순 없었다.

그가 눈앞에 있는 거대한 벽을 마주한 것이 벌써 몇 년 전.

그 벽을 깨기 위해 부단히도 노력했지만, 손에 넣은 것이 없었다. 아니, 아예 없지는 않았지만, 최종 목표인 벽을 넘는 것에는 실패했다.

"이렇게나 차이가 날 줄이야."

남들이 봤을 때, 더 넘을 벽이 있나 싶을 정도로 강한 힘을 지닌 그가 벽을 넘는 것에 이렇게까지 매달리는 것은 무황 때문이었다.

무림에선 두 사람을 최고로 치며 동급으로 대하고 있었지만 사황은 알고 있었다.

무황이 자신보다 한발 앞서 있는 자라는 것을.

직접 부딪친 적은 없지만, 간접적으로 남겨진 흔적을 통해 사황은 충분히 무황의 강함을 느낄 수 있었다.

자신으로선 남길 수 없는 흔적이 제법 있었으니까.

터무니없는 차이도 아니었다.

딱, 한 발.

그 한 발이 거대한 벽으로 남게 될 것이라곤 지금의 사황은 생각지도 못했었다.

"그래도 아예 얻은 것이 없는 것이 아니긴 한데……."

다행히도 이번 폐관을 통해 작지만 얻은 것이 있긴 했다. 벽을 코앞에까지 둔 것이다.

이제 정말 작은 것 하나면 벽을 넘을 수 있을 것 같았다. 그런 확신이 들었지만, 문제는 그 작은 것이 손에 들어올 듯 들어오지 않는 데 있었다.

마음 같아선 며칠이고 단서를 얻을 때까지 수련에 집중하고 싶었지만, 억지로 참았다.

과한 수련은 때론 독이 된다는 것을 잘 알기 때문이었다.

게다가 수하들에게 사황성의 운영을 맡긴 지 오래지만 한 번씩 관리해 줄 필요는 있었다.

"마교와 정도맹이라."

폐관 직전 들었던 소식.

칩거한다고 하지만 그리고 해서 눈과 귀가 없는 것은 아니었기에 중요한 사실은 이미 알고 있었다.

또한 자신을 찾는 사파의 거두들이 많아졌다는 것도.

"멍청한 놈들. 그렇게 힘을 합쳐야 한다고 할 때는 귓등으로도 듣지 않던 것들이."

사황이 봤을 때, 사파는 약했다.

힘의 편차가 심해도 너무 심했다.

구파일방과 오대세가라는 든든한 구심점이 있는 정파와 달리 사파는 거대한 문파가 하루아침에 무너지기도 하는 등 든든한 구심점이 없었다.

사황성을 만든 것도 그 때문이었다.

사파가 오랫동안 번영하기 위해선 단단히 중심을 잡아 줄 문파가 있어야 한다고 생각했고, 자신의 힘으로 직접 사황성을 세웠다.

수하들 역시 자신이 직접 데려와 키웠다.

사파에 대한 인식 중 하나가 못 믿을 놈들이었다. 자신이 성공하기 위해 동료를 배신하는 것을 당연히 생각하는 일.

그런 일이 적어도 사황성에는 없었다.

정파 정도까지는 안 되지만, 적어도 사황성 무인들끼리는 그러지 않도록 적당한 연대를 만들어 낸 것이다.

성주인 사황 본인을 중심으로 완벽하게 힘을 집중시켰고, 한 울타리 안의 식구라는 것을 각인시켰다.

그러한 것이 모여 사황성을 사파 최고의 문파로 만들어 냈다.

"욕심을 버리지 못하는 놈들과 손을 잡아 봐야 쓸데없는 희생만 늘어날 뿐. 정도맹 같은 단체를 만들기보단 따로 움직이는 편이 더 나은 선택일 수도 있어. 아니면 처음부터 내 명령에 절대복종을 요구하면서 단체를 결성할 수도 있겠고."

금세 머릿속을 오가는 계획들.

하지만 결론을 내리진 않았다. 일단 여러 계획을 세워둘 뿐.

결론을 내리는 것은 수하들과 만나 여러 이야기를 주고받은 뒤가 될 터였다.

"후…… 오랜만에 움직여 볼까?"

쿠쿵!

꿍음과 함께 폐관실의 문이 열리고, 사황 태강호가 다시 움직이기 시작했다.

東天魔劍
동천마검

21章. 금마옥.

21 章. 금마옥.

우우우-.

온몸을 오싹하게 만드는 기괴한 소리가 동굴 깊은 곳에서부터 올라오며, 계곡을 뒤덮는다.

빛이 제대로 들지 않는 계곡.

천마신교에서도 한참을 떨어진 이곳은 사람의 발길이 잘 닿지 않는 곳으로, 그 존재를 알고 있는 사람도 그리 많지 않았다.

마옥(魔獄).

그 이름처럼 죄인들을 집어넣는 감옥으로 사용되는 곳인데, 사실 신교에서 싸움이 붙으면 대부분 죽음으로 끝나는 곳이다 보니 이곳에 수감될 정도의 사람은 거의 없었다.

일단 살아 있어야 하는데, 그런 일이 잘 없으니까.

날뛰는 놈들의 목을 베는 일이야말로 사건을 해결하는 가장 쉬운 일이니 당연한 일이었다.

"오싹하군."

그런 마옥의 입구에 가람이 섰다.

가람이 마옥의 존재를 알게 된 것은 천마신교주의 자리에 오르면서였지만, 굳이 이곳으로 올 필요성을 느끼지 못했다. 마지막으로 죄인이 들어간 것이 무려 20년 전의 일이다.

거기에 이곳에 들어가는 죄인 대부분은 큰 죄를 지었지만, 그 신분 등으로 인해 쉽게 처리하지 못하는 자들이었다. 즉, 어떻게든 목숨만 살려둔 채 죗값을 치르게 한 것이다.

그러니 당연히 이곳에 올 필요가 없었다.

20년이란 시간은 적지 않은 시간이고 제대로 된 관리도 되지 않았었음이니 살아 있는 사람이 없을 테니까.

"정체를 알 수 없는 괴음이라……."

전혀 생각지도 않았던 이곳까지 오게 된 이유는 이 주변을 지키고 있는 수하들의 보고 때문이었다.

근래 들어 정체를 알 수 없는 괴음이 들리기 시작했다는 내용이었다.

괴음이 들릴 이유가 하나도 없는 상태에서 뭔가 소리가

들린다는 것은 분명 저 안에 어떤 문제가 생겼다는 뜻이었다.

그렇기에 가람은 직접 움직였다.

아니, 그럴 수밖에 없었다.

당장 진우생을 비롯한 천마검위대 전원이 가람이 새로 해석한 무공을 손에 들고 폐관수련에 집중하는 중이었으니까.

여기에 심심하기도 했다.

무황을 만나며 몸이 달아올랐는데, 제대로 식히질 못했으니까. 이것만큼은 신교 안에서 그 누구도 풀어 줄 수 없는 문제였다.

그러니 다른 곳으로 신경을 돌리기 위해서라도 가람이 직접 이곳까지 행차한 것이다.

"정말 괜찮으시겠습니까? 저희가 따르겠습니다."

이곳을 지키는 수하들이 고개를 숙이며 말했지만, 가람은 고개를 저었다.

"자리를 지켜라. 여긴 나 혼자로도 충분하니."

"……명."

스르륵.

가람의 명령에 조용히 사라지는 사내.

습기 가득한 어두운 계곡 안을 조용히 바라보는 가람.

움찔움찔.

연신 몸이 놀라며 움찔거리고 있었다. 신경이 서서히 날카롭게 벼려지는 느낌.

'뭔가 있어. 뭔가가.'

정체를 알 순 없지만, 저 안에 분명 뭔가가 있었다.

느낌과 감 그 모든 것이 그렇게 이야기하고 있었다. 여기에 아주 약하지만 진득한 마기가 느껴진다.

마치 극마지에서 풍기던 것처럼.

서벅저벅-

계곡 안으로 발을 옮긴다.

무성하게 자란 이끼를 밟을 때마다 물컹거리는 것이 그리 좋은 느낌은 아니었지만, 그보다 신경이 쓰이는 것은 점차 강해지는 마기였다.

'극마지가 또 있는 건가?'

정말 그렇게 생각될 정도로 극마지와 흡사한 느낌의 마기가 천천히 퍼지고 있었다.

진득하고 강렬한 느낌.

'하지만…… 달라.'

극마지와 비슷하지만 달랐다.

극마지가 정말 순수한 마기의 집합체였다면, 이곳의 마기는 조금 달랐다. 뭐랄까, 여러 마기가 뭉쳐서 혼합되어 있는 느낌이라고 할까?

"흠."

길게 숨을 쉬어내며 점차 안으로 들어가던 가람의 발걸음이 멈춘 것은 계곡의 가장 깊은 곳에 자리한 동굴 앞에서였다.

"여기로군."

그리 큰 동굴은 아니었다.

겨우 성인 둘 정도가 나란히 들어갈 수 있을 것 같은 정도의 동굴 입구.

뚝, 뚝, 뚝.

천장에서 떨어지는 물이 기분 나쁘게 느껴지자, 가람은 내공으로 몸을 보호했다.

동굴은 안으로 들어갈수록 점차 커지기 시작한다.

한 치 앞도 보이지 않을 정도로 어두운 동굴이지만, 가람에겐 아무 문제가 되지 않았다.

막대한 내공의 힘으로 대낮처럼 앞이 보였으니까.

횃불 하나 없이 앞으로 걸어만 가는 가람의 얼굴이 천천히 굳어진다.

동굴 깊이 들어가면 갈수록 마기의 농도가 진해지고 있었다. 만약 수하들을 들여보냈다면 어떤 문제가 생겼을지 모를 정도로 강렬한 마기였다.

구오오오-!

움찔.

그리고 들려오는 괴음.

온몸을 울리는 저음의 소리에 절로 발걸음을 멈추는 가람. 그 소리의 뜻이 정확히 이해되진 않는다.

하지만 분명한 것은 자연적인 소리는 절대 아니라는 것이다.

그 뜻은 모르겠지만 소리에 담긴 강렬한 적의는 확실했으니까.

'재미…… 있는데?'

보통이라면 여기서 물러섰을 것이다.

하지만 가람은 진심으로 재미있다고 느꼈다. 강렬한 호승심을 느끼며 가람은 내공을 천천히 끌어올리며 앞으로 향한다.

동굴의 끝을 향해.

❖ ❖ ❖

마옥에 수감된 자들에게 자유는 없다.

살아 있다는 것을 제외하면 그 어떠한 자유도 주어지지 않는다.

특수하게 제작된 쇠사슬과 말뚝으로 기경팔맥을 봉쇄당한 채 몸은 거대한 말뚝에 고정된다.

움직일 수 있는 공간은 말뚝을 중심으로 겨우 1장에 불과하고, 죄인들 간의 거리는 최소 10장이다.

그것도 죄인이 가득 찼을 때 이야기지, 단 한 번도 가득 찬 적이 없기에 죄인들끼리 어디에 있는 것인지 알 수도 없을 정도로 멀리 떨어져 있었다.

이곳에 잡혀 들어온 죄인의 반응은 크게 3종류로 분류된다.

첫째 아무런 반응을 하지 않는 것.

둘째 미친 듯이 발광하며 날뛰는 것.

셋째 그대로 목숨을 끊는 것.

죽음을 막을 사람이 아무도 없으니, 스스로 죽음을 택하는 자들의 숫자는 많았다.

다른 반응을 보이다가도 결국 세 번째를 택하는 사람 또한 적지 않았고.

살아남은 자들을 위해 음식과 물을 공급하는 것은 사람이 아니었다. 훈련된 개가 음식을 가지고 와 살아 있는 사람들에게 공급한다.

하지만 그 식량이 공급되지 않은 것은 오래된 일이었다.

당연한 일이었다.

이곳에 대한 관리가 전혀 이루어지지 않고 있었으니까. 주변에 경계를 서는 인물들도 천마신교 전체를 경계하는 와중에 이루어진 조치일 뿐이었다.

"으아아아아아……!"

20년의 세월 동안 그 어떤 손길도 닿지 않은 이곳에 한 사람이 괴성을 내지른다.

유일하게 세상을 향하는 통로인 저 하늘 위 검은 통로를 향해서.

사내의 나이는 정확하게 20살.

그는 어떠한 제제도 없었고, 몸을 구속하는 쇠사슬도 존재하지 않았다.

한참을 하늘을 향해 소리치던 사내는 지친 듯 바닥에 털썩 누웠다.

그 시선은 저곳에서 떨어지지 않는다.

"나도…… 세상으로 나가고 싶다."

멍하니 중얼거리는 그.

사내는 20년 전, 아니 정확하게는 21년 전 마지막으로 이곳에 수감된 여인에게서 태어났다.

이곳에 들어올 때 누구도 그녀의 배 속에 그가 있는 것을 알아채지 못한 것이다.

그렇게 태어난 그는 엄마의 품에서 지극정성으로 돌봐졌지만, 이 환경이 결코 아이에게도 산모에게도 좋은 환경은 아니었다.

그렇게 그녀는 겨우 걷기 시작한 그를 두고 죽음을 맞이했고, 그 뒤로는 살아남은 이곳 마인들의 손에 키워지기 시작했다.

변화가 없는 마옥에서 그의 존재는 희귀하기도 했고, 귀하기도 했다.

유일하게 자유롭게 오가면서 이야기를 전달해 주는 존재였으니까.

모두가 친절하진 않았지만, 상관없었다.

그가 조금 더 컸을 때쯤엔 살아남은 사람이 아무도 없었으니까.

동시 그의 몸에는 수많은 마인들의 절기가 집중되었다.

자신의 것을 어떻게든 남기기 위해 몸부림치는 마인들의 노력 덕분이었다.

죽은 자 중에는 자신의 절기를 바닥에 남긴 자들도 적지 않았기에 그는 수많은 마공을 익힐 수 있었다.

그중에는 이젠 그 맥이 끊어진 흡기공도 있었다.

상대의 기를 빨아들여 자신의 것으로 만드는 마공. 본래 사파의 것이었다고도 전해지지만 상관없었다.

중요한 건 아니니까.

문제는 그 흡기공으로 사내가 엄청난 기운을 축적했다는 것이다.

이곳에 쌓인 마기의 양은 어마어마한 수준.

최악의 마인들이 수도 없이 죽었고, 그들의 기운은 이곳에 차곡차곡 쌓여 밖으로 빠지지도 않았다.

마치 원념처럼.

그것을 사내는 완벽하게 자신의 것으로 만들었고, 괴물이 되었다. 정작 그걸 본인 스스로 알지 못할 뿐.

"가고 싶다, 밖으로."

약간 어눌하게 말을 한다.

사람과 대화를 한 것이 아주 오래전의 일이기 때문이다. 원한다면 이곳을 부수고 밖으로 나갈 수도 있을 터다.

그에겐 그럴 만한 힘이 있으니까.

하지만 그러지 못한 것은, 아니 그러지 않은 것은 부순다는 것을 알지 못하기 때문이었다. 정확히는 이 어두운 동굴이 자신의 모든 것이기 때문이다.

이곳을 부수면 밖으로 나갈 수 있을 것인지 확신이 서지 않았으니까.

그런 두려움 때문에 그는 이렇게 소리를 지르는 것밖에 할 수 없었다. 자신의 모든 감정을 쏟아 내면서.

평소처럼 누워 있던 그의 귓가에 이제까지와 전혀 다른 소리가 들린 것은 바로 그때였다.

끼리리릭!

벌떡!

사내가 자리에서 빠르게 일어나 위를 바라본다.

"이거 엄청 낡았네?"

눈앞에 있는 낡은 장치를 보며 잠시 고민하는 가람.

사각형 바구니 모양의 장치는 동굴 끝에 세워져 있었는데, 그 밑으로는 끝이 보이지 않는 수직 통로가 있었다.

　저 밑이 진정한 마옥일 것이었다.

　혹시나 있을 탈주를 막기 위해 깊이도 팠고, 그곳을 오가는 수단은 오직 하나.

　오르락내리락할 수 있는 간단한 장치인 이것뿐이었다.

　"괜찮겠지."

　끼이익!

　고민 끝에 가람이 바구니에 몸을 싣자 날카로운 소리가 이곳저곳에서 들려온다. 녹이 슬어 당장이라도 부서질 것 같은.

　한쪽에 마련된 손잡이를 내리자.

　끼리리리릭!

　귀를 따갑게 하는 소리와 함께 장치가 작동하더니 곧 바구니가 하강하기 시작했다.

　당장 바구니를 연결한 쇠줄이 끊어질 것 같이 비명을 지르지만 다행히 제 역할을 해 주는 것인지, 소리는 요란해도 끊어지지 않고 잘도 내려간다.

　"깊네……."

　한참을 내려갔음에도 사방을 감싸는 벽을 제외하면 아무것도 보이지 않을 정도.

　그렇게 얼마를 내려갔을까.

후확-!

순간 강한 바람과 함께 거대한 공동이 모습을 드러낸다.
마침내 마옥에 도착한 것이다.

"여기가⋯⋯!"

밖과 비교할 수 없을 정도로 강렬한 마기의 존재에 피부
가 따끔거린다.

거대한 동굴도 대단했지만, 그보다 가람의 시선을 끈 것
은.

"사람이 있을 줄은 몰랐는데."

저 밑에서 자신을 바라보는 한 사람.

비슷한 또래로 보이지만 거적이나 다름없는 옷과 땅에
끌릴 정도로 긴 머리가 온몸을 덮고 있어 확실하진 않았
다.

"이유야 어쨌든 엄청나군."

부들부들.

어떻게 자신의 또래가 이곳에서 있을 수 있는 것인지 알
순 없지만 분명한 것 하나가 있었다.

피부로 느껴지는 이 강렬함.

온몸이 흥분될 정도의 호승심은 바로 그에게서 시작되고
있다는 것을.

끼리리릭!

쿵-!

마침내 바구니가 땅에 닿고.

가람이 마옥에 발을 딛는다.

"넌, 누구지?"

사내의 앞에 선 가람의 물음에 그는 온몸에서 풍기는 강렬한 기세와 달리 머뭇거리더니 입을 연다.

"마, 마옥. 그, 그, 금마옥."

그가 말했다.

금마옥의 몸에서 풍기는 기운은 거칠고 또 거칠었다. 가람 정도나 되니 참는 것이지, 실력이 약한 무인이었다면 버티지 못하고 쓰러졌을 터였다.

말을 더듬으며 자신을 소개한 금마옥이지만 곧 유창하진 않지만, 처음보단 덜 더듬으며 입을 연다.

"나, 싸운다."

"뭐?"

갑작스러운 말에 가람이 의아해하는 그 순간.

파앗!

주먹을 앞세운 금마옥의 공격이 시작되었다.

후욱!

빠악-!

다급히 공격을 피하는 가람.

뒤편의 기둥을 정확히 때리는 금마옥의 주먹. 어찌나 강한 힘이 실린 것인지, 기괴한 소리가 난다 싶더니.

뻐엉!

기둥이 터져나간다.

"아버지가 그랬다. 누구든…… 누구든 이곳에 처음 발을 들이는 자를 공격하라고. 속 시원하게 때려 주라고!"

파앗!

방금까지 말을 더듬던 사람이 맞는 것인지 의아할 정도로 금마옥은 빠르고 강렬하게 공격을 퍼붓는다.

쩌적! 쩡-!

그의 공격 하나하나에 반응하는 강렬한 마기들. 통제되지 않는 마기가 사방을 날뛰며 단숨에 이곳 전체를 휘감기 시작한다.

고오오.

'이건 위험한데?'

순간 위험하다는 생각이 절로 들 정도로 가람은 긴장해야 했다. 그렇지 않아도 위험할 정도로 뭉쳐 있던 마기들이 금마옥의 뜻에 따라 움직이기 시작하고 있었다.

이런 속도라면 얼마 지나지 않아 동굴 전체의 마기가 그의 뜻대로 움직이게 될 터였다.

아무리 가람이라 하더라도 그건 위험했다.

스르륵!

잠깐 다른 생각을 하는 사이 금마옥이 투박하지만 빠르게 접근한다 싶더니, 기묘한 손놀림을 보인다.

우우웅!

강하게 떠는 마기와 함께 그의 오른손바닥이 검게 물들고.

"파천흑수!"

콰드드득!

짧은 외침과 함께 단숨에 그의 손을 똑 닮은 강력한 기운이 가람을 덮친다.

지척에서 펼쳐진 강력한 공격.

피하려면 충분히 피할 수 있겠지만, 가람은 피하지 않았다.

"핫!"

기합과 함께 단숨에 내뻗는 주먹을 통해 막대한 내공을 쏟아낼 뿐.

콰쾅-!

두 개의 기운이 부딪치며 순식간에 동굴이 흔들리고.

우웅- 웅!

가람이 본격적으로 내공을 운용하기 시작하자, 금마옥을 향하던 마기들이 갈팡질팡하더니 곧 가람을 중심으로 움직이기 시작한다.

"어? 어?"

갑작스러운 상황에 당황한 금마옥이 어쩔 줄 몰라 하는 사이, 이번엔 가람이 먼저 나섰다.

츠르르!

잔영을 남기며 단숨에 금마옥의 지척에 이른 그는 주저 없이 힘을 가득 실은 주먹을 뻗었다.

뻐억!

"컥!"

제대로 막지도 못하고 배를 내준 금마옥이 신음과 함께 뒤로 날아가고, 그 뒤를 쫓으려던 가람.

하지만 그보다 먼저 금마옥의 발이 움직인다.

촤악-!

그의 발끝에서 뿜어져 나온 날카로운 기운에 혀를 차며 뒤로 물러서는 가람.

순간적인 판단치고는 절대 나쁘지 않았다.

'움직임이 제한적이야. 이건 경험이 없기 때문이겠지. 그런 것치고는 나쁘지 않아…… 만약 저 실력에 경험이 쌓인다면?'

자신도 모르게 고개를 내젓는 가람.

경험만 쌓을 수 있다면 금마옥은 신교 안에서도 한 손에 당당히 꼽을 수 있는 강자가 될 것이라 확신했다. 그만큼 그의 능력은 출중했다.

부족한 것이 많기는 했지만.

어쨌거나 갑작스러운 상황이긴 했지만, 가람은 금마옥이 탐났다.

저 실력이라면 신교에 큰 도움이 될 것으로 생각한 것이다. 게다가 신기할 정도로 마기를 다루는 것에 능숙했다.

이는 가람은 아직 몰랐지만, 금마옥의 출생과 관련되어 있었다.

그렇지 않아도 마기가 잔뜩 쌓인 이곳에서 태어난 아기였다. 엄마의 배 속에서부터 편안하게 마기를 받아들이며 몸에 축적하기 시작했고, 여기에 천운이 따른 것은 타고난 육체였다.

그렇게 마기에 노출이 되었음에도 뇌에 마기의 영향을 받지 않은 것이다.

즉, 태어난 순간부터 마기와 함께하다 보니 어떤 면에서는 가람보다 훨씬 더 마기를 잘 다룬다고 할 수 있었다.

그걸 이곳의 마인들이 알아보고 자신의 모든 것을 금마옥에게 선물한 것이다.

언제고 이곳을 찾을 천마신교 무인에게 제대로 한 방 먹이기 위해서. 동시에 가르치면 가르칠수록 무섭게 흡수하는 금마옥을 흐뭇하게 보는 이들도 적지 않았다.

상황이야 어찌 되었건 결국 이곳에 있는 모든 것을 이어받은 사람은 오직 하나, 금마옥뿐이었다.

"우우…… 아파. 아파! 아파아아아!"

드드드!

비명을 내지르는 만큼 그의 몸에서 마기가 진동을 한다. 이제까지 무공을 익힐 때 힘들다는 것 이외엔 아프다는 감정을 처음 느낀 아이처럼 금마옥은 울었다.

붉어진 눈으로 눈물을 뚝뚝 흘리는 모습이 무척이나 처량해 보이지만, 반대로 그의 몸에서 풍기는 막대한 마기는 위협적이었다.

'이런 마기를 풍기면서 살기가 없다?'

그의 몸에서 살기가 풍기지 않는다는 점을 늦게나마 찾아낸 가람.

엄청난 마기를 뿜어내고 있음에도 불구하고 놀랍게도 그에게선 한 줌의 살기도 찾아볼 수 없었다. 보통 이런 경우에는 살기를 뿜어내는 것이 본능일 터인데, 마치 그런 것조차 없어 보이는 모습.

'이곳에서 태어나 자라면서 여러 가지 감정이 모자란 모양이네. 마지막으로 함께 있었던 것이 누군지는 몰라도 그게 시간이 제법 되었다는 건 확실하고. 그보다 이런 곳에서 대체 뭘 먹고 산 거지?'

처음에는 놀라서 제대로 주목할 수 없었는데, 이젠 눈에 들어온다.

앙상하게 마른 녀석의 육체가.

최소한의 근육과 성장은 한 것처럼 보이지만, 이곳에서 먹을 것이 얼마나 있겠는가?

몸은 앙상하게 말랐고, 키도 가람보다 머리 두 개는 차이
가 날 정도로 작았다. 마지막으로 이곳에 들어간 마인과 연
관 지어도 자신과 나이 차가 크지 않을 터.

"일단 제압하고 볼까."

분명 녀석의 마기는 위협적이었지만, 사실 그뿐이었다.

위협적이긴 하지만 제압하지 못할 정도는 아니었다. 여
전히 곳곳에 빈틈을 보이니 더욱 그랬다.

"아파아아아!"

여전히 소리치고 있는 녀석을 보며 가람은 자신이 낼 수
있는 최대한의 움직임으로 단숨에 녀석의 배후를 붙잡았
다.

파앗!

갑작스러운 움직임에 울음을 멈추고 눈이 커진 금마옥이
반응하기도 전에.

퍼퍽! 픽!

덜썩.

단숨에 수혈을 짚어 버리는 가람.

허물어지는 녀석의 몸을 받아든 가람의 얼굴이 절로 찌
푸려진다.

품에 안으니 생각했던 것보다 더 가벼웠다.

어떻게 이 상태로 살아 있는 것인지 이상할 정도로 말이
다.

"흠……."

잠시 고민하던 가람은 녀석을 바구니 옆에 두고선 빠른 움직임으로 동굴을 훑기 시작했다.

여기까지 왔으니 대충이라도 상황을 살피고 움직이는 게 나을 것이란 판단이었다.

"물은 여기서 해결이 되는 건가? 먹는 건…… 이끼 종류?"

동굴 한쪽의 벽 틈에서 조금씩이지만 물이 흘러나오고 있었다. 그게 한쪽에 고이며 물은 부족하지 않았고.

물 때문인지 주변에 이끼가 잔뜩 서식하고 있었는데, 먹을 수 있는 종류인지는 몰라도 그걸 주식으로 살아남은 듯 싶었다.

"아무래도 다시 와서 조사해 봐야 할 것 같네."

동굴 안에 가득 찬 마기도 문제지만, 곳곳에 남겨진 마인들의 무공도 보통은 아니었다.

신교 무공도 대단하지만, 이곳에 남겨진 것들은 그보다 더 뛰어난 것들이었다. 게다가 어떻게 한 것인지 극대화시킨 마기를 자신의 것으로 만드는 것에 성공한 자도 있었다.

근래 자신이 마공을 재해석해서 주변에 넘기는 것과 비슷한 시도였다.

만약 이 모든 것을 금마옥이 자신의 것으로 만들었다고 생각한다면, 그것 또한 내버려 둘 수 없는 문제였다.

그게 사실이라면 방금의 움직임은 자신이 낼 수 있는 진짜의 3할에도 미치지 못했다는 것이니까. 철저한 경험의 부족일 터였다.

여기에 제대로 먹지 못하니 성장하지 못한 몸도 걸림돌이었을 테고 말이다.

"그걸 생각하면 타고난 무골이라는 소리겠지. 이런 곳에서 저런 것밖에 못 먹었는데도 저런 몸을 유지하고 있다는 건."

고개를 흔들며 자리로 돌아온 가람은 잠시 누워 있는 녀석을 바라보다 다시 품에 안았다.

끼리리릭-!

날카로운 소리와 함께 다시 바구니가 움직이며 하늘을 향한다.

밖으로 나온 가람은 곧장 신교 최고의 의원인 마의(魔醫)를 찾았다.

비쩍 마른 몸과 괴팍한 인상과 달리 부드러운 목소리로 인사를 하는 그에게 곧장 품 안의 녀석을 보인다.

"태어나서 동굴 밖으로 나온 적이 없는 데다, 제대로 먹지도 못한 상태야. 괜찮겠나?"

"우선 눈을 보호해야 합니다. 장시간 어둠에 물든 눈은 빛에 취약하기 마련입니다. 막대한 실력을 지닌 사람이라면 금방 적응하니 문제없을 겁니다. 다만, 이대로면…… 저도 치료하기가 어렵습니다."

고개 숙이는 마의.

그가 지적하고 있는 것은 끊임없이 그의 몸 주변으로 흐르는 마기였다.

워낙 지독하다 보니 마의조차 쉽게 접근하기 어려운 것이다.

잠시 잊고 있었기에 가람은 곧 고갤 끄덕이곤 그를 침상에 눕힌 뒤 빠르게 손가락으로 몸을 찌른다.

푸푹! 푹!

"이 정도면 되겠지?"

이전과 비교할 수 없을 정도로 마기가 흐르지 않는다. 완전히 차단된 것은 아니지만 일반 마인들과 큰 차이가 없어 보이는 수준.

잠시 그걸 확인한 마의가 입을 열었다.

"예. 다만, 이건 임시일 뿐입니다. 제대로 된 치료를 위해선 몸의 기가 원활하게 돌아야 하는데, 이 상태로는……."

"그건 나중에 생각하지. 일단 녀석의 몸을 최대한 치료하는 쪽으로 가닥을 잡도록. 밖에 적응하는 데 자네가 도움을 주도록."

"흐음…… 알겠습니다. 우선 몸의 균형을 잡을 수 있도록 여러 탕약과 음식을 쓰도록 하겠습니다. 우선 그게 먼저일 것 같습니다."

"맡기지."

만약을 위해 천마검위대 중 발이 빠른 몇을 그에게 붙였다. 사고가 벌어지면 수습하기보단 자신을 부르도록 한 것이다.

마의에게 금마옥을 맡긴 가람은 자신의 침실로 돌아갔다.

촤악-!

뜨거운 물에 몸을 담그자 온몸의 근육이 풀리며 기분이 좋아진다.

"후우. 얼떨결에 보물을 하나 주운 셈인가?"

가람의 입장에서 금마옥은 정말 생각지도 못한 보물 그 이상이었다.

신교에 적응만 시켜 놓는다면 그 뛰어난 실력은 큰 도움이 될 테니까. 게다가 잠시였지만 무차별하게 날뛰는 마기를 억지로 붙들고 다루는 모습이 꽤 흥미로웠다.

아니, 정확히는 자신의 반대편에 서 있다고 봐야 했다.

가람이 마기를 완전히 손에 넣고 완벽한 통제력 아래 부린다면, 녀석은 날뛰는 마기를 제어하지 않고 억지로 손에 쥐고 부린다.

마치 야생의 맹수들처럼.

"재미있겠네."

앞으로의 일을 생각하면 절로 미소가 떠오르는 가람이었
다.

✤ ◈ ✤

"죽여."

날카로운 명령과 함께.

"자……!"

스컥-!

푸확!

뭐라 변명의 틈도 없이 피가 대전에 튀고, 떨어진 목이
나뒹군다.

정신을 차릴 수 없을 정도로 차가워진 대전.

그 안을 가득 채우는 강렬한 살기에 양쪽으로 늘어선 무
인들이 경직되어 있다.

"쓰레기 같은 놈. 치워."

스스슥.

명령이 떨어지자 빠르게 밖에서 달려온 하인들이 익숙한
듯 시신을 치운다. 남은 것은 핏자국이지만, 검붉은 융이라
그 흔적이 크게 드러나진 않는다.

하지만 그게 더 무서웠다.

이 검붉은 융에 얼마나 많은 피가 묻었는지는 누구도 알 수 없었으니까.

"하라는 일은 제대로 하지 않고, 사리사욕을 챙겨? 내가 분명 경고했을 것이다. 자신이 맡은 일은 똑바로 처리하라고. 그게 되지 않으면 당장 때려치우고 본성을 나가라고 말이다. 쓰레기 같은 삶을 다시 살면 되는 거야. 그렇지 않아?'

"……"

대답이 없는 수하들을 보며 태사의에 앉은 사황 태강호의 눈은 차갑기 그지없다.

실망도 이런 실망이 없었다.

기껏 맡겨 놓고 폐관에 들었더니, 그게 몇 년이나 된다고 그 짧은 시간에 자신의 사리사욕을 챙긴단 말인가?

물론 그게 사파의 특징이라 할 수도 있으니 욕을 할 순 없다. 그리고 적당한 수준이면 그도 넘어갈 생각이었다.

허나, 자신이 맡은 일에도 소홀하면서 돈만 밝히는 쓰레기를 살려둘 생각은 추호도 없었다.

그것이 설령 사황성 외총관이라 하더라도.

"새로운 외총관을 뽑는다. 능력이 있는 자는 나서도록 하고, 추천할 만한 사람이 있다면 추천해라."

그의 말에도 누구 하나 나서지 않는다.

당장 분위기 때문에 머리가 돌아가지 않는 것이다. 그걸 알기에 사황도 재촉하진 않았다.

어차피 며칠 지나면 그 자리를 맡겠다는 놈들이 수두룩하게 나타날 테니까.

"근래 정파 놈들이 시끄럽다고 들었다. 덕분에 본성을 중심으로 사파도 날뛰는 중이고. 맞나?"

"……그렇습니다."

대답하고 나선 것은 사황성의 군사인 사후명이었다.

성의 머리라 불리는 그이니만큼 외총관의 비리에 대해 모르는 것은 아닐 터였다. 아니, 깊이 연관되어 있을 것이 뻔했다.

그런데도 사황은 아무런 말도 하지 않았다.

외총관과 달리 군사인 그의 자리는 아무나 대체할 수 없기 때문이었다. 대신 외총관을 죽임으로써 그에게 경고한 셈이다.

사후명 역시 잘 알고 있었다.

두 번은 없다는 것을. 그렇기에 최선을 다해 현 무림 상황을 설명했다.

성주인 사황에게 직속부대가 있다는 사실은 공공연한 비밀. 이미 무림 상황에 대해 잘 알고 있을 것이 뻔했지만, 그걸 알면서도 모르는 척하고 새로 보고했다.

그게 그의 역할이기 때문이었다.

"……입니다. 현재 본성을 중심으로 사파도 뭉쳐야 한다는 의견이 강하게 나오고 있습니다."

"네 생각은?"

"정도맹에 대항하기 위해선 적당히 뭉칠 필요가 있다고 봅니다. 큰 도움은 되지 않더라도, 최소한 머리 숫자는 채워야 할 필요가 있으니까요. 유사시엔 본성의 피해를 최소한으로⋯⋯."

"거기까지."

단호한 사황의 말에 그가 뒤로 물러선다.

대전에 가득한 수하들을 차가운 눈으로 한 번씩 훑어본 그가 자리에서 일어선다.

"전 사파에 내 이름으로 첩을 돌려라. 사황련(邪皇聯)을 결성한다고. 정도맹에 대항하는 단체가 될 것이다. 이후 만약의 사태가 벌어지면 내 명령에 절대복종할 것. 이게⋯⋯ 사황련에 가입하는 조건이다. 그게 싫다면 빠지라고 해. 필요 없으니."

"존명!"

"이 시간 이후로 본성은 전시체제로 운영된다! 정도맹뿐만 아니라 마교 놈들 역시 본성의 적! 무림의 파도에 늦기 전에 올라탄다. 알겠나?"

"명!"

일제히 고개 숙이는 수하들을 보며 사황은 비릿하게 웃었다. 말은 하지 않았지만⋯⋯ 그는 냄새를 맡고 있었다.

진하게 풍기는 피비린내를.

'평화가 너무 길었지.'

그의 눈이 살기로 번들거린다.